U0112505

八闽文库

晞髮集

[宋]謝翱 撰

林校生 魏定榔 點校

八閩文庫

要籍選刊

83

海峽出版發行集團
THE STRAITS PUBLISHING & DISTRIBUTING GROUP
福建人民出版社

二〇二二年八閩文庫出版工程領導小組

組　長　張　彦

副組長　鄭建閩

成　員　林端宇　鄭家紅　顔志煌　黄國劍

許守堯　肖貴新　林　生　黄　誌

卓兆水　吴宏武　陳　强　張立峰

鄭東育　林義良　林　彬

二〇二三年八閩文庫出版工程領導小組

組　長　張　彦

副組長　王金福

成　員　林端宇　鄭家紅　顔志煌　黄國劍

許守堯　肖貴新　黄　誌　陳熙滿

吴宏武　林　生　李　潔　張立峰

鄭東育　黄葦洲　林　彬

八閩文庫編纂委員會

八閩文庫總序

葛兆光　張帆

一

在傳統中國的文化史上，福建算是後來居上的區域。

經歷了東晉、中唐、南宋幾次大移民潮，浙、閩之間的仙霞嶺，早已不是分隔内外的屏障，而成了溝通南北的通道。歷史使得福建越來越融入華夏文明之中，唐宋兩代，特别是在「背海立國」的宋代，東南的經濟發達，海洋的地位凸顯，福建逐漸從被文明中心影響的邊緣地帶，成爲反向影響全國文明的重要區域。在七世紀的初唐，詩人駱賓王曾説「龍章徒表越，閩俗本殊華」（駱臨海集箋注卷二晚憩田家，陳熙晉箋注，上海古籍出版社一九八五年，第三六頁），前一句説的是華夏的衣冠對斷髮文身的越人没有用，後一句説的是閩地的風俗本來就與華夏不同，意思都是瞧不起東南。但是，到了十五世紀的明代中期，黄仲昭在弘治八閩通志序裏卻説，八閩雖爲東南僻壤，但自唐以來文化漸盛，「至宋，大儒君子接踵而出」，實際上它的文明程度，已經「可以不愧於鄒魯」（四庫全書存目叢書史部一七七册，齊魯書社一九九六年，第三六四頁）。

的確，自從福建在唐代出了第一個進士薛令之，而且晉江有歐陽詹，福清有王棨，莆田有徐夤、黄滔這些傑出人物之後，到了更加倚重南方的宋代，福建出現了蔡襄（一〇一二—一〇六七）、陳襄（一〇一七—一〇八〇）、游酢（一〇五三—一一二三）、楊時（一〇五三—一一三五）、鄭樵（一一〇四—一一六二）、林光朝（一一一四—一一七八）、朱熹（一一三〇—一二〇〇）、蔡元定（一一三五—一一九八）、陳淳（一一五九—一二二三）、真德秀（一一七八—一二三五）等一大批著名文人士大夫。這些出身福建或流寓福建的士人學者，大大繁榮和提升了這裏的文化，甚至使得整個中國的文化重心逐漸南移，也許，就像程頤説的那樣「吾道南矣」（宋史卷四二八道學楊時傳，中華書局一九七七年，第一二七三八頁）。也就是説宋代之後，原本偏在東南的福建，逐漸成了中國重要的文化區域。

不過，習慣於中原中心的學者，當時也許還有偏見。以來自中心的偏見視東南一隅的福建，那時福建似乎還是「邊緣」。雖然人們早已承認福建「歷宋逮今，風氣日開」（黄虞稷閩小紀序，撰於康熙五年，續修四庫全書史部七三四册，上海古籍出版社二〇〇二年，第一二七頁），但有的中原士人還覺得福建「僻在邊地」。像北宋樂史的太平寰宇記，一面承認「此州（福州）之才子登科者甚衆」，一面仍沿襲秦漢舊説，稱閩地之人「皆蛇種」，並引十道志説福建「嗜欲、衣服，别是一方」（樂史太平寰宇記卷一〇〇江南東道一二，中華書局二〇〇七年，第一九九一頁）。所以，歷史上某些關於福建歷史、文化和風俗的著作，似乎還在以中原或者江南的眼光，特別留心福建地區與核心區域不同的特異之處，筆下一面凸顯異域風情，一面鄙夷南蠻鴃舌。但是從大的方面説，我們看到宋代以降，實際上福建與中原的精英文化越來越趨向同一，正如宋人祝穆方輿勝覽所説，「海濱幾及洙泗，百里三狀元」，前一句裏所謂「洙泗」即孔子故鄉，這是説福建沿海文風鼎盛，幾乎趕得上孔子故里；後一句裏「三狀元」是指南宋乾道年間福建登第的三個狀元，即乾道二年（一一六六）的蕭國梁、乾道五年的鄭僑和乾道八年的黄定，他們都是福建永福（今永泰）這個地方的人（祝穆新編方輿勝覽卷一〇，施和金點校，中華書局二〇〇三年，第一六三頁）。

文化漸漸發達，書籍或者文獻也就越來越多，福建文獻的撰寫者中不僅有本地人，也有流寓或任職於閩中的外地人。日積月累，這些文獻記錄了這個多山臨海區域千年的文化變遷史，而八閩文庫的編纂，正是把這些文獻精選並彙集起來，爲現代人留下唐宋以來有關福建的歷史記憶。

二

福建鄉邦文獻數量龐大，用一個常見的成語説，就是「汗牛充棟」。那麼多的文獻，任何歸類或敘述都不免挂一漏萬。不過，我們這裏試圖從區域文化史的角度，談一談福建文獻或書籍史的某些特徵。

毫無疑問，中國各個區域都有文獻與書籍，秦漢之後也都大體上呈現出華夏同一思想文化的底色，但各區域畢竟有其地方特色。如果我們回溯思想文化的歷史，那麼，唐宋之後福建似乎也有一些特點。恰恰因爲是後來居上的文化區域，所以福建積累的傳統包袱不重，常常會出現一些越出常軌的新思想、新精神和新知識。這使得不少代表新思想、新精神和新知識的人物與文獻，往往先誕生在福建。衆所周知的方面之一，就是宋代儒家思想的變遷。應當説，宋代的理學或者道學，最初乃是一種批判性的新思潮，一些儒家士大夫試圖以屬於文化的「道理」鉗制屬於政治的「權力」，所以，極力强調「天理」的絶對崇高，人們往往稱之爲道學或理學，也根據學者的出身地叫作「濂洛關閩之學」。其中，「閩」雖然排在最後，卻應當説是宋代新儒學的高峰所在，以至於後人乾脆省去濂溪和關中，直接以「洛閩」稱之（如清代張夏《雒閩源流録》），以凸顯道學正宗，恰在洛陽的二程與福建的朱熹，而道學最終水到渠成，也正是在福建。因爲宋代道學集大成的代表人物朱熹，雖然祖籍婺源，卻出生在福建，而且相當長時間在福建生活。他的學術前輩或精神源頭，號稱「南劍三先生」的楊時、羅從彦（一〇七二—一一三五）、李侗（一〇九三—一一六三），也都是南劍州即今福建南平一帶人，他的提攜者之一陳俊卿（一一一三—一一八六），則是興化軍即今莆田人，而他的最重要的弟子黄榦（一一五二—一二二一）是閩縣（今福州）人、陳淳是龍溪（今龍海）人。

正是在這批大學者推動下，福建逐漸成爲圖書文獻之邦。慶元元年（一一九五），朱熹在福州州學經史閣記中曾經説，一個叫常濬孫的儒家學者，在福州地方軍政長官詹體仁、趙像之、許知新等資助下，修建了福州府學用來藏書的經史閣，即「開之以古人斅學之意，而後爲之儲書，以博其問辨之趣」（朱文公文集卷八〇，朱子全書第二四册，上海古籍出版社、安徽教育出版社二〇一〇年，第三八一四頁）。宋代之後，經由近千年的日積月累，我們看到福建歷史上出現了相當多的儒家論著，也陸續出現了有關儒家思想的普及讀物。大家可以從八閩文庫中看到，這裏收錄的不僅有朱熹、真德秀、陳淳的著述，也有明清學者詮釋理學思想之作，像明人李廷機性理要選、清人雷鋐雷翠庭先生自恥錄等等，應當説，這些論著構成了一個歷經宋元明清近千年的福建儒家文化史。

三

説到福建地區率先出現的新思想、新精神和新知識，當然不應僅限於儒家或理學一系。更應當記住的是，從宋代以來，中國政治、經濟和文化的重心，逐漸從西北轉向東南，一方面由於中原文化南下，被本地文化激蕩出此地異端的思想，另一方面海洋文明東來，同樣刺激出東南濱海的一些更新的知識。

我們注意到，在福建文獻或書籍史上，呈現了不少過去未曾有的新思想、新精神和新知識。比如唐宋之間，福建不僅出現過譚峭（生卒年不詳）

化書這樣的道教著作，也出現過像百丈懷海（約七二〇—八一四）、潙山靈佑（七七一—八五三）、雪峰義存（八二二—九〇八）那樣充滿批判性的禪僧，還出現過禪宗史上撰於泉州的最重要禪史著作祖堂集。又如明代中後期，那個驚世駭俗而特立獨行的李贄（一五二七—一六〇二），有人説他的獨特思想，就是因爲他生在各種宗教交匯融合的泉州，傳説他曾受到伊斯蘭教之影響，當然更因爲有佛教與心學的刺激，使他成了晚明傳統思想世界的反叛者。而另一個莆田人林兆恩（一五一七—一五九八），則是乾脆開創了三一教，提倡「三教合一」，也同樣成爲正統的政治意識形態的挑戰者。再如明清時期，歐洲天主教傳教士「梯航九萬里」，也把天主教傳入福建，特別是明末著名傳教士艾儒略（一五八二—一六四九）應葉向高（一五五九—一六二七）之邀來閩傳教二十五年，從而福建才會有「三山論學」這樣的思想史事件，也産生了三山論學記這樣的文獻，無論是葉向高，還是謝肇淛，這些思想開明的福建士大夫，多多少少都受到外來思想的刺激。最後需要特別提及的是，由於宋元以來，福建成爲向東海與南海交通的起點，所以，各種有關海外的新知識，似乎都與福建相關，宋代趙汝适撰寫諸蕃志的機緣，是他在泉州市舶司任職；元代汪大淵撰寫島夷志略的原因，也是他從泉州兩度出海。由於此後福州成爲面向琉球的接待之地，泉州成爲南下西洋的航線起點，因而福建更出現了像張燮東西洋考、吴朴渡海方程、葉向高四夷考、王大海海島逸志等有關海外新知的文獻，這一有關海外新知的知識史，一直延續到著名的林則徐四洲志。老話説「草蛇灰線，伏脈千里」，歷史總有其連續處，由於近世福建成爲中國的海外貿易和海上交通的中心，所以，這裏會成爲有關海外新知識最重要的生産地，這才能讓我們深切理解，何以到了晚清，福建會率先出現沈葆楨開辦面向現代的船政學堂，出現嚴復通過翻譯引入的西方新思潮。

甚至還可以一提的是，近年來福建霞浦發現了轟動一時的摩尼教文書，這些深藏在道教科儀抄本中的摩尼教資料，説明唐宋元明清以來，福建思想、文化和宗教在構成與傳播方面的複雜性和多元性。所以，在八閩文庫中，不僅收錄了譚峭化書，李贄焚書續焚書、藏書續藏書，林兆恩林子會編等富有挑戰性的文獻，也收錄了張燮東西洋考、趙新續琉球國志略等關係海外知識的著作，讓我們看到唐宋以來，福建歷史上新思想、新精神和新知識的潮起潮落。

四

在八閩文庫收錄的大量文獻中，除了福建的思想文化與宗教之外，也留存了有關福建政治、文學和藝術的歷史。如果我們看明人鄧原岳編閩中正聲、清人鄭杰編全閩詩錄收録的福建歷代詩歌，看清人馮登府編閩中金石志、葉大莊編閩中石刻記、陳棨仁編閩中金石略中收録的福建各地石刻，看清人黄錫蕃編閩中書畫録中收録的唐宋以來福建書畫，那麼，我們完全可以同意歷史上福建的後來居上。這正如陳衍（一八五六—一九三七）在閩詩録的序文中所説「余維文教之開，吾閩最晚，至唐始有詩人，至唐末五代中土詩人時有流寓入閩者，詩教乃漸昌，至宋而日益盛」（續修四庫全書集部一六八七册，第四一一頁）。可見，宋史地理志五所説福建人「多向學，喜講誦，好爲文辭，登科第者尤多」，「今雖閭閻賤品處力役之際，吟詠不輟」（杜佑通典州郡十二），真是一點兒不假。

清代學者朱彝尊（一六二九—一七〇九）曾説「閩中多藏書家」（曝書亭集卷四四淳熙三山志跋，四部叢刊初編集部二七九册，上海書店一九八九年，第六〇一頁）。千年以來的人文日盛，使得現存的福建傳統鄉邦文獻，經史子集四部之書都很豐富，翻檢八閩文庫，就可以感覺到這一點，這裏不必一一敘説。需要特別指出的是，福建歷史上不僅有衆多的文獻留存，也是各種書籍刊刻與發售的中心之一。福建多山，林木葱蘢，具備造紙與刻書的有利條件，從宋元時代起，福建就成爲中國書籍出版的中心之一。宋元時代福建的所謂「建本」或「麻沙本」曾經「幾遍天下」（葉夢得石林燕語卷八，侯忠義點校，中華書局一九八四年，第一一六頁），更有所謂「麻沙、崇安兩坊産書，號稱『圖書之府』」的説法（新編方輿勝覽卷一一，第一八一頁）。版本學家也許將它與蜀本、浙本對比，覺得它並不精緻，但是，從書籍流通與文化貿易的角度看，正是這些廉價圖書，使得很多文化知識迅速傳向中國四方，也深入了社會下層。淳熙六年（一一七九），朱熹在建寧府建陽縣學藏書記中曾説到，「建陽版本書籍行四方，無遠不至」，可當時嘉禾縣學居然藏書很少，「學於縣之學者，乃以無書可讀爲恨」，於是一個叫姚耆寅的知縣，就「鬻書於市，上自六經，下及訓傳、史記、子、集，凡若干卷以充入之」。當地刊刻的書籍，豐富了當地學者的知識，也增加了當地文獻的積累，甚至扭轉了當地僅僅重視「世儒所誦科舉之業」的風氣（朱文公文集卷七八，朱子全書第二四册，第三七四五頁），這就是一例。到了清代，汀州府成爲又一個書籍刊刻基地，近年特别受到中外學者注意的四堡，就是一個圖書出版和發行中心，文獻記載這裏「以書版爲産業，刷就發販，幾半天下」（咸豐長汀縣志卷三一物産）。所以，美國學者包筠雅（Cynthia J. Brokaw）文化貿易：清代至民國時期四堡的書籍交易（劉永華、饒佳榮等譯，北京大學出版社二〇一五年）就深入研究了這個位於汀州府長汀、清流、寧化、連城四縣交界地區的客家聚集區的書籍事業，繼承宋元時代建陽地區（如麻沙）刻書業，這裏再一次出現中國書籍出版史上佔據重要位置的福建書商群體。

可以順便提及的是，福建刻書業也傳至海外。福建莆田人俞良甫，元末到日本，由九州的博多上岸，寓居在京都附近的嵯峨，由他刻印的書籍被稱爲「博多版」。據説，俞氏一面協助京都五山之天龍寺雕印典籍，一面自己刻印各種圖書，由於所刊雕書籍在日本多爲精品，所以被日本學者稱爲「俞良甫版」。

從建陽到汀州，福建不僅刊刻了精英文化中的儒家九經三傳、諸子百家以及文選、文獻通考、賈誼新書、唐律疏議之類的典籍，也刊刻了很多大衆文化讀本，諸如西廂記、花鳥爭奇和話本小説。特别在明清兩代書籍流行的趨勢和作爲商品的書籍市場的影響下，蒙學、文範、詩選等教育讀物，風水、星相、類書等實用讀物，小説、戲曲等文藝讀物，在福建大量刊刻。如果我們不是從版本學家的角度，而是從區域文化史的角度去看，這種「易成而速售」（石林燕語卷八，第一一六頁）的書籍生産方式，使得各種文獻從福建走向全國甚至海外，特别是這些既有精英的、經典的，也有普及的、實用的各種知識的傳播，是否正是使得華夏文明逐漸趨向各地同一，同時也日益滲透到上下日常生活世界的一個重要因素呢？

五

八閩文庫的編纂，當然是爲福建保存鄉邦文獻，前面我們説到，保存鄉邦文獻，就是爲了留住歷史記憶。

這次編纂的八閩文庫，擬分爲三個部分。第一部分是「文獻集成」，計劃選擇與收録唐宋以來直到晚清民初的閩人各種著述，以及有關福建的文獻，共一千餘種，這部分採取影印方式，以保存文獻原貌。這是八閩文庫的基礎部分，按傳統的經史子集四部分類，這是爲了便於呈現傳統時代福建書籍面貌，因而數量最多；第二部分是「要籍選刊」，精選一百三十餘種最具代表性的閩人著述及相關文獻，以深度整理的方式點校出版，不僅爲了呈現歷代福建文獻中的精華，也爲了便於一般讀者閱讀；第三部分則爲「專題彙編」，初步擬定若干類，除了文獻總目之外，還將包括書目提要、碑傳集、宗教碑銘、官員奏折、契約文書、科舉文獻、名人尺牘、古地圖等，我們認爲，這是以現代觀念重新彙集與整理歷史資料的一個新方式，它將無法納入傳統的四部分類，卻是對理解福建文化與歷史至關重要的文獻，進行整理彙集，必將爲研究與理解福建，提供更多更系統的資料。

經歷幾年討論與幾年籌備，八閩文庫即將從二〇二〇年起陸續出版，力爭用十年時間，經過一番努力，打下一個比較完備的福建文獻的基礎。當然，不能説八閩文庫編纂過後，對於福建文獻的發掘與整理就已完成。八閩文庫僅僅是我們這一兩代人的工作，還有更多或更深入的工作，在等待著未來的幾代人去努力。無論從舊材料中發現新問題，還是以新眼光發現新材料，都是建立在前人的基礎上，而又對前人的工作不斷修正完善的過程。還是朱熹寫給陸九齡的那句廣爲流傳的老話：「舊學商量加邃密，新知培養轉深沉。」用舊的傳統融會新的觀念，整理這些縱貫千年的歷史文獻，也就無論「人間有古今」了。

八閩文庫要籍選刊出版説明

福建自唐代以降，名家輩出，著述繁興，流傳千載，聲光燦然。遺存之文獻，多可彰顯福建歷史發展脈絡，展示前賢思想學術及文學藝術成就，爲研究福建區域文化之基本典籍。八閩文庫「要籍選刊」擇取重要之閩人著作及相關福建文獻百數十種，予以點校。其中具備條件者，將採用編年、箋注、校證等方式整理。諸書略依經史子集分部編次，陸續出版。

二〇二一年八月

目次

晞髮集卷之三　七言古體上……六五

晞髮集卷之四　七言古體下……九一

晞髮集卷之九　附録……二〇四

晞髮集卷之十　附録……二三二

資料補編卷中……三〇八

資料補編卷下……三二六

點校前言

晞髮集，宋謝翺撰。謝翺（1249—1295），字皋羽，福建長溪（今屬福建福安）人。宋末，變賣家財，募鄉勇投文天祥帳下，署諮事參軍。宋亡，變姓名，自號晞髮子，後避地浙東，以疾卒。其詩文不離亡國之痛，風格沉鬱悲壯。四庫全書總目提要云：「南宋之末，文體卑弱，獨翺詩文桀驁有奇氣，而節概亦卓然可傳。」文學史家常以謝翺與謝枋得並列，稱「南宋二謝」。晞髮集傳誦既廣，評註者亦衆。如元明之際張丁、清初黄宗羲先後爲登西臺慟哭記、冬青樹引作註。整理出版晞髮集，對於研究宋末文學史、思想史，乃至宋元、明清之際士人之精神世界皆有所助益。

一、謝翺的鄉籍和家世

(一) 鄉籍

元初，任士林撰謝處士傳，只言謝爲「閩人」，未署所屬府縣。與謝同時人鄧牧在謝皐父傳中，以其爲「延平（今福建南平）人」。延平乃謝翺從戎之處，而非居籍所在。明代胡翰撰謝翺傳，稱之爲「建寧人」。錢士升南宋書卷六十二稱謝爲「浦城人」。南宋時浦城縣屬福建路建寧府，胡、錢所言，均以謝翺徙居之地浦城爲其原籍。方鳳謝君翺行狀（以下簡稱行狀）及吳謙謝君翺壙誌（以下簡稱壙誌）皆言謝翺「福之長溪人」，「徙建之浦城」。明初宋濂亦取此説。方鳳、吳謙與謝翺交遊最密，所述頗可信，有以下史料可資查證：一者浦城縣志，以謝翺入人物志寓賢，則翺本籍不在浦；二者明弘治本晞髮集有因北遊者寄峩眉家先生先生曾宰建之浦城故末章及之，清康熙本晞髮遺集有友人自杭回建寄別三首，詩中深蘊思鄉之情，則翺寓浦歷時非短；三者諸家提及謝翺之生平均言其弱冠赴京考，下第後流落漳州、泉州間，及至文天祥駐軍延平，遂投筆從戎，則此前業已歸閩北。據此揣想，謝翺當在建州浦城度過青少年的一段時光。

今之福建霞浦，歷史上長期爲長溪縣核心區域，近人文學史著作和若干古典文學作品選本有關題解，或以謝翺爲霞浦人。其實，宋代長溪縣界域頗廣，包括今福安、壽寧、霞浦、福鼎、柘榮五縣（市）及周近區域。明清兩代福寧州（府）志人物志，都以謝翺爲福安人。據明繆一鳳晞髮集序，謝翺籍貫當爲長溪穆陽（今屬福安）〔一〕。又有言宋淳祐五年（1245）已析長溪地置福安縣，後四年謝翱乃降生，當爲福安人云云。不過古人乃至今人報家門習稱祖籍（父籍），翱雖生於已設縣四年之福安，但自報家門稱長溪人卻也理所應當。〔二〕

謝翱又自稱「粤人」〔三〕。胡翰謝翱傳云：「天祥轉戰閩廣，至潮陽被執。翱匿民間，流離久之。」清乾隆福安縣志卷二十載：「文丞相被執，翱匿居潮

〔一〕繆一鳳晞髮集序云：「予少時，聞諸鄉之故老，猶能傳皐羽事。里之樟南坂，昔爲謝氏居，故址猶存，今田莽矣。宋季有謝鑰氏，爲予遠祖仲山公之壻，以春秋學見重。其子翱，有文章名，後還浦城。」清乾隆福安縣志卷二三古蹟志，亦載「晞髮處士謝翱宅，在穆陽樟檀阪」。

〔二〕關於謝翱是霞浦人還是福安人的爭議，由來已久，代表性論文可以參看黄族醒、施景西謝翱籍貫考辨和湯鳴統謝翱生平新探，分別刊於福建論壇（人文社會科學版）1984年第4期和1993年第6期。

〔三〕晞髮集卷四廣惜往日詩前小序稱「粤人謝翱用其語爲楚歌」，卷八金華洞人物古蹟記文末亦署「粤人謝翱記」。

陽」。又，近人劉禹生曾在廣東潮安訪得謝氏族譜，載宋祥興元年戊寅十月，「翱公來潮，其正室毌氏生子懷壺公，已八月矣；冬十一月，潮陽潰，公與妻子避居百土村」。「元末，子孫移居翔龍（在今廣東揭陽）」。〔二〕粵地正是名臣陸秀夫背負宋末帝趙昺投海殉節之所，也是文天祥抗元被俘之地。據此，謝翱孤身浪跡兩浙而自稱「粵人」，殆亦寓托家國之思也。

（二）家世

謝翱先祖之情狀，惟行狀和壙誌提及其曾祖父名景暉（一作景曄），祖父名嘉，事跡不詳。至於謝父，諸家傳記僅言名鑰，未署明字號。清乾隆福寧府志卷二十三、福安縣志卷二十均載：謝鑰字君啓。又，謝翱所編天地間集録其父玩月有感詩，題「草堂謝鑰」。按，現存天地間集殘卷，收录宋末

〔二〕劉禹生：紀宋處士謝翱，世載堂雜憶，中華書局1997年版。

詩十七家二十首，開首四家爲則堂家鉉翁（其字未詳）、文山文天祥（字履善）、本心文及翁（字時舉）、疊山謝枋得（字君直），均置號於姓名之前。以此推之，「草堂」者，謝鑰之號也。據任士林謝翱傳和方鳳行狀記載，謝鑰「性至孝，母喪，行服廬墓，終身不仕……嘗著春秋衍義十卷、左氏辨證六卷藏於家」，今皆散佚。

吳謙壙誌云謝翱「母繆氏，秘書省正字烈之女」。翱母本事不詳。其外祖父繆烈，嘉靖福寧州志、萬曆福安縣志之選舉、人物、古跡諸目均載其事，大略云：繆烈字允成，穆陽人。少有大志，穎敏嗜學。南宋嘉熙元年（1237）省試第一，次年登進士第。任福州教授，後遷秘書省正字，授撫曹侍郎。著有春秋講義十卷、仲山集數卷。

據劉禺生所訪謝氏族譜，謝翱正室毋氏，年齡與翱相當而晚十年歿世，則其約生於南宋淳祐九年（1249），卒于元大德九年（1305）。另據行狀，謝翱於元至元三十一年（1294）寓居杭州，娶宋末遺民之女劉氏。但鄧牧謝皐父傳卻説翱「過嚴陵故舊，館焉，因娶某（一作劉氏）」，所述時、地與行狀不合。嚴陵，元屬建德路，與婺州路鄰接。時謝翱往來兩地之間。至建德，棲息於嚴陵白雲源；至婺州，則客居浦陽方鳳家。倘謝翱真有嚴陵婚娶事，行狀作者方鳳不會不知。而鄧牧是在謝翱去世前一年才與之「相遇會稽，結爲方外友」，不久分別，「逮牧歸杭」，翱「已挈家錢塘江」。鄧牧對謝翱娶劉氏始末知不甚確，是很有可能的。

據前揭謝氏族譜，毌氏子懷壺，生於宋祥興元年（1278）。懷壺妻蔡氏，生二子，長子名東山，爲桃山（在廣東揭陽東四十五里）謝氏之祖，次子名西河，爲翔龍（在今廣東揭陽東五十里）謝氏之祖。〔二〕方鳳行狀稱謝翱「死中年，無後」，或指其在杭所娶劉氏無子。鄧牧謝皐父傳稱，謝翱卒

〔二〕劉禺生：紀宋處士謝翱，世載堂雜憶，中華書局1997年版。

後，「婦（劉氏）煢然無依，子遠在二千里外（指廣東潮陽），存亡不相聞」，遂由其門人吴貴奉祀。

二、謝翱生平簡述

（一）登西臺慟哭記的年次表達

謝翱的散文代表作登西臺慟哭記（以下簡稱謝記），是後人了解其生平和思想的珍貴材料。張丁、黄宗羲等人爲之作註，對文中所涉年次的理解不盡一致。〔一〕黄宗羲是舉世聞名的大學問家，也是明亡後的孤臣孽子，其立身爲人，皆與謝翱有很相似的一面。黄註澄清了一些重要人名、事實，只是

〔一〕黄宗羲：西臺慟哭記註，四部叢刊本南雷文案卷十。

一則謝、黃相距四百年，往事遺蹤要一一考實，誠屬不易；二則黃氏作註，重在發明謝氏孤忠宋室的節操，澆自己胸中塊壘，考據與之相比，仍屬末技。僅就謝記中的年次而言，黃註似偶有未安。筆者淺薄之見，非敢唐突前賢，乃以應後文敍事之需，亦以供有意者批評采擇而已。

謝記的年次表達集中在下引數句，略云：「始，故人唐宰相魯公，開府南服，予以布衣從戎。明年，別公漳水湄。後明年，公以事過張睢陽及顔杲卿所嘗往來處……又後三年，過姑蘇。姑蘇，公初開府舊治也，望夫差之臺，而始哭公焉。又後四年，而哭之於越臺。又後五年及今，而哭之於子陵之臺。」這篇記文回首往事，用筆多有隱晦，但前後井然有序，實爲謝氏一生重要經歷的時間座標圖。試釋如下：

「始」，指宋景炎元年（1276）。「魯公」是借唐忠烈名臣顔真卿隱喻文天祥。宋史瀛國公紀載：端宗景炎元年六月，「命文天祥爲同都督；七月，進兵南劍州（今福建南平）」。謝記「余以布衣從戎」，即此時事。「明年」，指景炎二年（1277）。諸家註同。宋史瀛國公紀：景炎二年正月，「文天祥走漳州」；「三月，取梅州（今廣東梅縣）」。據此，謝翺與文天祥當在這年二月前後相別。

「後明年」，指祥興二年（1279）。明年即次年、二年，後明年也就是後二年。文天祥於祥興元年十二月在廣東海豐被俘，祥興二年解送京師，途經睢陽（今河南商丘）、常山（今河北正定），即唐安史之亂中張巡、顏杲卿拼死守衛之地。故謝記云：「後明年，公以事過張睢陽及顏杲卿所嘗往來處。」從語法上説，句中「後明年」顯然也是謂語「過」的時間狀語，而非修飾「以事」（隱指被俘）。今有解讀者承襲張丁舊註，以「後明年」爲祥興元年，把「後明年」與「明年」混同起來，於史事、詞義、語法皆有乖舛。黄宗羲註則謂：「祥興元年己卯，皐父別公（文天祥）後二年也。」按，黄註既認爲「皋父別公」在景炎二年（1277），「別公後二年」自應是祥興二年（1279）；且祥興元年歲次戊寅，二年才歲次己卯。可知此條黃註中「元」字乃「二」字之訛。

「又後三年」，指元至元十九年（1282）。關於此條歧解頗多。黃宗羲註云：「是歲癸未，皋父年三十五。」即至元二十年（1283），胡雲翼先生註從之。[二] 但黃註既以「後明年」爲己卯，則癸未乃後四年，與謝記原文不合。若以「後明年」爲1278年，則癸未（1283）便是後五年。因而胡註又云：「三年，依本篇例，似應作五年。」說明胡先生也察覺到所註與謝記年次表達的體例不合。至於張丁註云：「在乙酉之歲」，即至元二十二年（1285），更與謝記「後三年」之數相忤。登西臺慟哭記明載：「又後三年，過姑蘇。姑蘇，公開府治也，望夫差之臺而始哭公焉。」李永祐先生註云：

〔二〕 胡雲翼註，見朱東潤主編中國歷代文學作品選中編第二册，上海古籍出版社 1980 年版。

「謝翱于至元十九年（1282）路過姑蘇。」這是對的。〔二〕

「又後四年」，指至元二十三年（1286）。諸家註同。這年謝翱正稽留鄞（今浙江鄞縣）、越（今浙江紹興）之間，越臺在紹興東的稷山上，故得登臺哭弔。

「又後五年及今」，指至元二十八年（1291）。諸註家既以越臺之哭爲1286年，其後五年，自應爲1291年。謝記文末曰：「先君諱某字某，登臺之歲在乙丑云」；「時先君登臺後二十六年也」。以謝翱侍父登子陵西臺的乙丑歲（1265）算起，推後二十六年，也正是1291年。如此，謝記五處「後（又後）某年」，皆當釋作「某年後」，即以原紀年再加「某」年，全篇行文體例本是統一的。黄宗羲註云：「是歲庚寅，皐父年四十二」，即1290

〔二〕李永祜註，見馮其庸主編歷代文選下册，中國青年出版社1963年版。

年，從者頗多，其實有誤。而張丁註以「後五年」爲丁亥歲（1287），「今」爲庚寅歲（1290），其謬愈遠，故近人作註皆不采此說。唯鄭貞文鄭思肖謝翱二先生年譜合編仍沿襲張註之誤。其實，謝翱所謂「又後五年及今」，就是「又五年後至於今」，他登西臺慟哭，歸而撰此記文，兩者本爲同一年事。

（二）謝翱一生主要行止

根據以上傳記材料，參合其他記載，可以稍述謝翱之主要行止如左。

宋理宗淳祐九年至景定末年（1249—1264）

南宋淳祐九年（1249），謝翱生於福建路福安縣。從其父鑰學春秋。約當其少年時代，移家建州浦城（今屬福建南平）。

度宗咸淳元年（1265），十七歲

赴臨安（今杭州）應京考。任士林謝處士傳云：「翱試進士不中，慨然以古人倡，作宋祖鐃歌鼓吹曲、騎吹曲，上太常，樂工習之，人至今傳其詞。」則其下第後仍滯留京師一段時間。

咸淳元年至四年（1265—1268），十七歲至二十歲間

在杭州、嚴州（治今浙江建德）一帶。謝氏登西臺慟哭記云：「余弱冠時，往來必謁拜（子陵）祠下。其始至也，侍先君焉。」可見他十七歲隨父出遊，同年赴京應考，稽留杭城，而時常漫遊浙西，故曾多次途經嚴州西臺（在今浙江桐廬西二十餘里）。

約咸淳四年至端宗景炎元年（1268—1276），二十歲至二十八歲間

一度流落漳州、泉州。方鳳行狀、吴謙壙誌、宋濂謝翱傳並載：翺下第，落魄漳、泉間。參前條所述，此段經歷當在「弱冠」以後。文天祥開府南平前，謝當已回建州。

景炎元年（1276），二十八歲

正月，元軍攻占臨安。五月，陸秀夫、文天祥等擁立端宗登極於福州。文天祥拜右丞相兼樞密使，都督諸路軍馬，檄州郡，七月至南劍州招兵。謝翱散家貲，集鄉兵數百，赴延平（今福建南平），入文天祥戎幕，署諮事參軍，隨文氏轉戰福建南劍、汀、漳三州，或及周近的贛南地區。

景炎二年（1277），二十九歲

入春，與文天祥相别於漳水（殆指今閩西南的漳江，一説贛州章江）之濱。十月，至潮陽（今屬廣東）。十一月，文天祥軍進屯潮陽，不久敗退。

按，明末清初徐沁撰謝臯羽年譜稱：「車駕航海，文公於正月自汀州移漳州龍岩縣，謀入衛漳湖，道阻，不通。三月，入梅州。五月，兵出梅嶺，入贛州會昌縣。六月，戰雩都，捷，號令通於江淮。引兵至吉州，戰於終步，不利；戰於永豐，又不利；戰於空坑，大敗；攻贛軍，又敗，文公妻妾男女皆被執，幕僚張汴等死之，公僅與長子道生、客杜滸以數騎免，趨永豐。」〔二〕謝翱誤聞文天祥被俘，帶鄉兵退入潮陽，攜妻子避入百土村（在潮陽縣南二十里）。〔三〕

景炎三年（即帝昺祥興元年）至祥興二年（1278—1279），三十歲左右

隱居潮陽百土村。

祥興二年至元世祖至元二十年（1279—1283），三十一歲至三十五歲間

離家孤身出遊，至浙江。行狀云：謝翱「避地浙水東，留永嘉、括蒼四年，往來鄞、越復五年，戊子夏，至婺。」戊子歲即1288年，上溯五年爲癸未歲，即1283年，再上溯四年爲己卯歲，即1279年。據此可知，謝翱在1279—1283年間，流落於永嘉、括蒼（即今溫州、麗水）一帶。行狀所述鴈山、鼎

〔二〕徐沁：謝皋羽年譜，昭代叢書本。

〔三〕清乾隆潮州府志卷十三「百土」作「白土」，明隆慶、清光緒潮陽縣志同。

湖（在今浙江縉雲）之遊，當在此時。又據登西臺慟哭記，謝翱三十四歲時曾北遊而過姑蘇（今江蘇蘇州，當時爲兩浙西路平江府治），望夫差臺哭悼文天祥。

至元二十年至二十五年（1283—1288），三十五歲至四十歲間

在浙東北，往來於鄞、越之間。三十七歲時，有越臺之登，已見前述。任士林謝處士傳載，此數年間他「過勾越，行禹窆（在今浙江紹興稽山門外）間」，「乘舟至鄞，過蛟門（在今浙江鎮海縣東），登候潮山（在今鎮海縣東北）」。行狀提到的沃州、天姥、野霞、碧雞、四明諸山之遊，大約也在這個時候。

在此期間，至元二十一年（1284），西夏僧人楊璉真珈任江南釋教總攝，率徒挖掘會稽宋帝陵墓，毀遺骨，瘞於杭之故宮。真珈敗，會稽山陰唐珏、溫州平陽林景熙等人設法收集陵骨，改葬會稽蘭亭山上，移來宋故宮冬青樹種於墓上，以爲標誌。謝翺協助此事，並作冬青樹引别玉潛。

按，關於楊璉發陵的時間，元明之交陶宗儀南村輟耕録卷四唐義士傳，明清之交黄宗羲冬青樹引註，清代畢沅續資治通鑒卷一百八十四都記爲至元十五年（歲在戊寅，1278），宋元之交周密癸辛雜識的續集上和别集上各有「楊髠發陵」條，俱稱在至元二十二年乙酉（1285）。新近研究指出，種植冬青樹當在甲申年（1284），而發陵在種植冬青樹後繼續進行。概言之「發陵的過程當從至元二十一年（1284）即已開始，斷斷續續，一直到至元二十二年（1285）方才結束」。〔二〕

又，1286—1287年間，謝翺和方鳳、吴思齊、吴謙等人參與吴渭月泉吟

〔二〕參見劉榮平：釋「知君種年星在尾」——對楊璉真伽發宋陵時間之堅證的考辨，兼論樂府補題寄托發陵説不能成立，載新宋學第一輯，上海辭書出版社2001年版；歐陽光：與元初遺民詩社有關的一次政治活動——六陵冬青之役考述，載宋元詩社研究叢稿，廣東高等教育出版社1996年版。

社向浙、蘇、閩、桂、贛等地徵詩評選活動。

至元二十五年至三十年（1288—1293），四十歲至四十五歲間

在浙西，往來於婺州路（治今浙江金華）和建德路（治今浙江建德）。在婺州，客居浦陽方鳳家（在今浙江浦江縣北仙華山麓），曾遊金華洞天，金華遊録記之甚詳。在建德，則棲息於唐代詩人方干的舊隱之地白雲源（在今浙江桐廬縣西南，正與釣臺相對），曾浮渡七里瀨（富春江上游），登嚴光釣臺，與諸友同弔文天祥。登西臺慟哭記即專敘此事。

另，鄧牧謝皋父傳對謝翺營生有所記述，略云：翺早事科舉，有志當世。中遭兵火，室家散亡，於軍伍中購得一子，相與竭力生産，僅自給。以子粗達時務，委而出遊。過嚴陵故舊，館焉，其地與婺接，故常往來兩州間。性耿介，不以貧累人。所居産薪炭，率秋暮載至杭，易米卒歲。少裕，則資遊江海，訪前代故賢。按，謝翺外祖繆氏爲福安穆陽大族。穆陽溪是福安乃至閩

東北古代經濟發展的黃金水道。他少年時移居浦城，落第後一度流落漳、泉二州，旋回建州。以建州爲第二故鄉，善營生，得以募集鄉兵數百人從軍。軍潰，隱居廣東一年多，最後十餘年避地兩浙。浙西出産薪柴和木炭，謝翺便運到繁華的杭州銷售，賺來的錢够他「資遊江海」。聯系其一生所歷和當時重商之俗，其貿易圈當不僅限於桐廬、杭州兩地。此外，鄧傳所謂謝氏父子「竭力生産」以「自給」，謝多年「指授館下生」等，也都屬文人治生之道。

至元三十一年（1294），四十六歲

遊會稽（今浙江紹興），遇杭人鄧牧，結爲方外友。旋至杭，娶劉氏，遂於西湖買屋而居。

元成宗元貞元年（1295），四十七歲

是春，復往婺州、建德等地尋訪汐社舊盟友。入夏，由建德返杭，八月初

十日（公曆9月20日），因患肺疾逝於其妻劉氏舍中。〔一〕

次年正月二十八日（1296年3月3日）

諸友葬謝翱於桐廬縣西三十五里釣臺南岸（即其舊居地白雲源所在）。〔二〕

總之，謝翱短暫一生的最後十五六年避地兩浙，結合山水之遊，訪問遺民，組織汐社，幫助月泉吟社，授徒講學，參與掩埋宋帝骸骨，多次哭拜文天祥，活動相當豐富。此外，從晞髮集中的若干詩作，可以推知謝翱還曾由浙北遊，到過揚州（時屬淮南東路）、邳州（時屬山東西路，在今江蘇睢寧一帶）等地，但時間已難確考。

〔一〕方鳳謝君皋羽行狀、吳謙謝君皋羽壙誌載謝翱生卒年月日及入葬時間甚明。

〔二〕見民國二十三年影印本浙江通志卷二十四引嚴陵志、名勝志。

三、原二十八卷稿本晞髮集内容構成的模糊性

謝翺平生行事創作，多觸犯元朝禁忌，其作品不喜明白提供相關現實資訊，而多隱晦用語。如登西臺慟哭記本是高度寫實性的回憶録，但文中所有人物俱不直書名姓，而稱唐宰相魯公，稱遊伴甲、乙、丙，稱先君諱某字某等；也不明書時間，而只稱始、明年、後明年、後某年、今等，堪爲忌諱隱語筆法之典型。

謝翺臨終時囑咐其妻劉氏：自己遠離故鄉，交遊惟方鳳等數人最親，慎收吾文及遺骨以授之。謝翺把「吾文」放在「遺骨」的前面，對遺稿隨葬至爲重視。茲引親理其事的方鳳所述如下：

君遺稿在時舊所爲，悉棄去。今在者：手録詩六卷，雜文五卷，唐

補傳一卷，南史贊一卷，楚辭等芳草圖譜一卷〔二〕，宋鐃歌鼓吹曲、騎吹曲各一卷，睦州山水人物古蹟記一卷，浦陽先民傳一卷，東坡夜雨句圖一卷，浙東西遊録九卷。春秋左氏續辨、歷代詩譜未脱稿，選唐韋、柳諸家及東都五體在集外。〔三〕

據此，我們可以把謝翺遺稿分作四種情况，一是作者生前就不要的棄稿，二是不具體限定題材對象的文學創作稿（詩和「雜文」），三是標明具體題材、主要爲經史研究的文字（唐補傳以後到浙東西遊録以前），四是不擬收進集子的文字，有唐代韋、柳諸家作品選，「東都五體」（含義未詳），还包括未完稿的春秋左氏續辨、歷代詩譜。顯然，上述第二、三類文字便是作者

〔二〕楚辭等芳草圖譜一卷，「等」字衍，見方鳳：存雅堂遺稿卷三謝君臯羽行狀，四庫全書集部別集類三。

〔三〕方鳳：存雅堂遺稿卷三謝君臯羽行狀。

謝翺遺囑窆墓時隨葬的稿子，計有「手抄（録）詩」六卷、雜文五卷，和唐補傳至浙東西遊録的多篇文稿。

而據另一主事者吳謙在謝君皐羽壙誌中，乃簡述曰「晞髮，本楚詞，因以名其集，有詩八卷，文二十卷」。方、吳兩段話反映的事實是等值的，何以一曰詩六卷、雜文五卷，一曰詩八卷、文二十卷？一個可能的解釋，方鳳行狀中所列謝氏作品，自唐補傳以下至浙東西遊録，凡九題十七卷，將其中的樂府體鼓吹曲、騎吹曲兩卷改劃到「詩」類，餘下的歸入「文」類，原來詩六卷、雜文五卷就變爲詩八卷、文二十卷了。照吳謙的説法，晞髮集便是由這些内容構成。惟其存世樣態或各有異，吳謙、方鳳介紹的晞髮集内容和結構，反映了宋元之交東南沿海的時代特色和謝翺本人的創作個性。與這個二十八卷本晞髮集相比，後世所出各版正文卷數皆遠不及原書，可見該書詩文作品散逸嚴重。

二十八卷稿本晞髮集，其中文二十卷，如上所述，實爲十八卷。其中一部分是補史之作，有睦州山水人物古蹟記、浦陽先民傳各一卷；任士林説謝翶「尤善敍事，有良史材，作南史帝紀二十贊」一卷；鄧牧説謝翶資生稍有餘裕，「則資遊江海，訪前代故實，著家史，補唐詩人無傳者三十餘篇，傳近世隱逸數篇」一卷；而大部分是山川遊記，浙東西遊録，九卷〔二〕；還有楚辭芳草圖譜、東坡夜雨句圖各一卷，合計十五卷。〔三〕另有五卷不以題材自限，僅籠統稱之「雜文」。宋濂謝翶傳或有意以天地間集五卷充抵「雜文」之數，但一則其爲詩而非文，二則其爲謝翶輯録他人之詩而非謝氏自撰詩作，二者不宜相混。至於集中開首所列的「手抄詩六卷」，雖然在方、吴的介紹

〔二〕原文作遊東西遊録九卷，係刻寫之誤。

〔三〕參見任士林：謝處士傳，松鄉集，四庫全書集部別集類四；鄧牧：謝皐父傳，伯牙琴，中華書局 1959 年版，該書采用知不足齋叢書本，文字與萬斯同輯宋季忠義録小有異同。

中一首具體的詩名也沒有，但這些詩應爲謝翱最引人矚目的文學建樹，也是作者存身立命最不忍讓渡的精神領地，故而其應爲構成晞髮集的重心與主軸。

四、晞髮集的刊刻流傳

晞髮集現存最早的版本爲明弘治十四年（1501）刻本。此本在全書卷次劃分及一些詩文編排上雖有粗疏之處，卻是此後嘉靖、隆慶、萬曆諸刻的祖本。而弘治十四年距離謝翱病歿、稿本隨葬已歷二百餘年，我們很難證明或者證僞當初瘞稿内容能否跨越時間長程而真實地傳遞到刻本之中。四庫全書總目提要已經注意到，「明弘治間，儲巏所刻，已與（方）鳳所記

（卷數）不合……然世無傳本，莫知其審」。〔二〕這裡也無力究詰晞髮集明清刻本與元初稿本的關系，謹就明代刻本出現的背景和取得的成績，簡略談幾點看法。

（一）鄉土文化精英持續推動晞髮集刊刻行世

謝翺一生漂泊流離，大抵閩東（以福安爲中心）、閩北（以浦城爲中心）和浙江（以睦州、浦陽爲中心）是謝氏比較長期生活過的地方。諸多重要經歷留下難忘印記，讓這些地方成爲他深情眷戀的家園或第二故鄉。當地百姓和官員也將他視爲優秀的「僑居」者，列入地方志書的「流寓傳」。事實上，這三地文人的確是晞髮集能夠在明代中後期得以多次校刻付梓的重要推動力量。例如，弘治晞髮集底本來自建安楊晉叔家藏鈔本，晉

〔二〕四庫全書集部四別集類三晞髮集提要。

叔是明初閣臣楊榮的曾孫，自屬閩北望族。儲巏得到此鈔本，即「篋之至揚州」，請巡鹽監察御史馮允中、兩浙都轉運鹽使唐文載「相與」校刻之，可知費貲不薄。可以説，建州楊氏家藏文稿，實際上開啟了明弘治以還晞髮集嘉、隆、萬諸刻的序幕。

再如，嘉靖三十四年（1555）版晞髮集之校刻，主事者皆睦州屬官。吳勳稱：

> 予仕睦將三年，而於皐羽未嘗一日忘也。乃復尋舊址，廓而新之。人始知有皐羽之墓，又得晞髮集，讀之慷慨激發，不下楚詞……而感發興起，不有待於斯乎。〔二〕

這裏的「斯」，指的就是晞髮集開刻的文化盛舉。另據陳鳴鶴謝皐羽晞髮集序，由郡守邵廉作序、廉訪凌琯主事的隆慶六年刊本也是重刻於睦州。

〔二〕吳勳：晞髮集序，萬曆戊午本晞髮集卷首「彙序」。

從明嘉靖中到萬曆末大略八十年間（約1538—1618），閩東（包括福州、福寧二府）多位鄉土精英其中不乏著名學者、文人，在若斷若續中接力從事晞髮集重刊工程。這裏稍作徵引。[一]先有同鄉孝廉繆一鳳，「予少時聞諸鄉之故老，猶能傳臯羽事」，「茲歲冬，予於雲塘族祖處得是集而讀之」，「予慨世變滄桑，鄉之文獻凋敝，是集多未及識，僅依蠹本分卷重訂，以寄景慕之意」。但繆一鳳生前并未完成刊刻，直至其子邦珏手上方得以付梓。繆邦珏晞髮集序云：「丙申（二十四年）夏，予謁大參游少澗公，因詢予里中今昔人物，予時對以臯羽始末，而大參公雅有闡幽之意，命刻以傳，而以首序自任云。」「承大參公命，遂忻然梓之，並録諸名公鉅筆附之於右。時萬曆戊戌（二十六年）季春。」游朴在所作序中説明：「先是，予友丁陽繆

[一] 本段引文分别出自繆一鳳、繆邦珏、游朴、張蔚然、真憲時等序文，均見萬曆戊午本晞髮集卷首。

語而弁諸首，以寓景行之意云。」多年以後，杭州張蔚然有感於臯羽生於長溪，而在杭州娶妻室，竟卒於杭，誌武林文獻，擬收之於「流寓」。嘗愛其晞髮集，以爲能洗宋人習氣，不意來任福安知縣，亟訪臯羽故蹟，得友人徐興公所訂繆氏本，重爲參覈，屬郭鳴琳布之。這就是萬曆戊午年刻本的由來。張蔚然序言末尾再次强調：「先訂是集者，爲穆洋繆孝廉一鳳……且稱臯羽爲同里樟南坂人，蓋於是集亦有標識功。第尚多譌漶，興公蒐覈補苴，不遺餘力，郭生分讐，乃始正云。」

明代中後期多次重刻晞髮集，令謝翺的文化影響力大增。松溪真憲時，祖籍浦城，真德秀五世孫，萬曆四十年後補任杭嚴道（嚴州亦即睦州）。萬曆戊午年九月，晞髮集版成，真憲時序寫于萬曆己未春日，即次年开春，當是另一版新書的序。序中引謝翺爲同鄉，感歎説：「先生建人，卒杭葬睦。建，余鄉；杭、睦，余治所也。余嚮者未知有先生，乃今始得其集，乃今始識其另一版新書的序。序中引謝翱爲同鄉，感歎説：「先生建人，卒杭葢睦。建，余鄉；杭、睦，余治所也。余鄉者未知有先生，乃今始得其集，乃今始識其墳。宇宙之大，忠賢之衆，姓名可與日月爭光而埋没煙草者，可勝記哉。」此或堪稱晞髮集播傳閩北、浙南的一則佳話。

（二）詩的蒐集易成規模，也促進晞髮集刊刻成書

在方鳳行狀、吳謙壙誌二文都明示（丙申年）「正月二十八日丁酉窆，以文稿殉」的歷史條件下，還能不能將已殉之稿的内容從墳墓中再「過駁」出來？不同性質的作品，例如抽象的長篇大論相比於引人入勝的遊記小品，「過駁」的難度當然要大得多。各種文學體裁中，「詩」體量輕捷，形制自由，語言精練，歌哭隨心，情感激越綿邈，最便吟回記誦，最能傳揚久遠。不僅從複製技術手段上，而且從受衆規模上講，詩都最容易「過駁」

或「複述」。這裡的「技術手段」，指徵集對象單體的易複製性（單首詩易記易傳）。「受眾規模化」，則指徵集對象整體的易擴張性，特別注意到謝翺的詩擁有相當大的讀者群。如四庫總目提要所云，「南宋之末，文體卑弱，獨翺詩文桀鶩有奇氣，而節概亦卓然可傳」。謝詩獨有内在氣質，雖文網甚苛，亦能不脛而走。加上他長期隱居兩浙，組織詩社，「指授館下生粲然進於文學」，從者頗眾。明成化金華府志載：

> 謝翺，閩人，從文天祥起兵興復。兵敗，亡命浦陽，忠憤抑鬱，或被髮佯狂行歌於野，或登釣臺慟哭以酹天祥。已，又作楚歌，以招其魂。與吴思齊、方鳳三人，皆以風節行誼爲人所師尊，而皆工爲詩。音調凄楚，往往比諸麥秀、黍離。于時浦陽之詩爲之一變。〔二〕

〔二〕 轉引自萬曆四十六年本晞髮集卷十。按，成化金華府志二十卷，明成化十六年（1480）周宗智纂修，孤本，藏上海圖書館。今有金華市地方志編纂委員會 2012 年重印本。

謝詩之感染力如此沁人肺腑，可以相信晞髮集中「詩」的部分，蒐集工作進展較快，甚或提早編成詩集單行本。儲巏、馮允中、唐文載「相與刻成」的弘治本晞髮集，卷首謝處士傳首頁首行頂格豎寫，刻有「謝皋羽詩集」五字，或與此有關。

（三）明代中後期晞髮集整理刊刻實績

明代，自武宗一朝始有實力派官員以激勵風氣、發揚文學爲倡，主持整理刊行晞髮集，所據底本爲建州楊氏家藏鈔本。世宗朝中期（實際上要到神宗朝中期），作者故里、閩東福安穆陽大族繆氏家藏本也進入整理者的視野。原來聲名寂寂的晞髮集竟一而再、再而三地校訂刊刻，主事的官員愈來愈地方化，謝翶及其文學作品的社會影響也愈來愈廣泛。陳鳴鶴晞髮集序述及明中晚期晞髮集刊刻之盛云：

> 我弘治間，海陵儲少卿巏得建安楊晉叔抄本，於是馮御史允中刻於海陵。嘉、隆間，程文學煦、凌廉訪琯重刻於睦州新安。萬曆初，邑人繆令君一鳳復刻於其邑。刻者數本，至休暢矣，然各有帝虎之訛，讀者病焉。邑大夫張公維誠，武林大儒也，以皐羽嘗居西湖，與之合志於異代，乃取予友徐興公所訂善本，擇諸生之樹義者郭君時鏘，屬以重梓，貽惠後學。

這里「文學」「廉訪」等都是府縣一級的屬吏。所謂萬曆初繆一鳳復刻於其邑，與事實頗有出入，前文已引繆一鳳之子邦珏所説，先君「爲之彙録成帙，彼時宦遊歸老，未及付之剞劂」；游朴也説「予友丁陽繆君手加校訂，未及梓而逝……丙申歲，其嗣邦珏始募工，付剞劂，以成父志」。今據萬曆四十六年刊本首末十八篇序跋統計，大抵百二十年間（1500—1620），前後至少有七種版本晞髮集问世：弘治十四年馮允中刻本，嘉靖十七年繆一鳳手訂稿本，嘉靖三十四年吳勳、程煦刻本，隆慶六年邵廉、淩瑄刻本，萬曆二十六年繆邦珏刻本，萬曆四十六年徐㶿、郭鳴琳訂校本，萬曆四十六年李叔元重刻本。

弘治十四年本的版本情況，前文已經述及，全書收録各體詩226首（含宋鐃歌鼓吹曲、騎吹曲凡26首，下同）。嘉靖三十四年本，題「宋粤謝翺著，明歙後學程煦校」，卷末有吳勳序、程煦跋，收録各體詩228首，僅比草創的弘治本增加兩首。萬曆四十六年校訂本，題「宋長溪謝翺著，明邑令張蔚然、郡人徐㶿訂，邑人郭鳴琳校」，收録各體詩237首，比前述嘉靖本增加九首，增量較大，且多有據可查（詳後）。三个版本收文數不變（皆十三篇），且篇名、内容均一致。之所以如此，當與編輯者的敬謹態度有很大關系。試以萬曆四十六年徐、郭校訂本爲例。卷五載智者寺一首，題下註云：「見金華府志，增入。」卷七載過臨安故宫四首，題下註云：「見西湖志，增入。」均爲比較簡直的處置。又，孟蜀李夫人詞，原爲宋鐃歌騎吹曲第七，現存幾種晞髮集並載，萬曆四十六年本的編輯者在版成後發現楊慎編的全蜀藝文志中亦見著録，不知是重複，遂抄寫在卷四之末，題下註明出處，但全書目録中並未體現。此外，卷四之末原載懷鄧牧三句，明顯采自鄧牧謝皋父傳，未必是一首完整的詩。這樣處理是否適當尚可討論，但可反映編者尋獲謝氏新詩不易之事實。

元亡明興，國家意識形態及文化取向發生巨大變化。晞髮集在流傳過程中，各本都受弘治本沾溉之澤；嘉靖以還的本子，又多受繆氏本的影響。〔二〕這樣一種進度和氛圍，對蒐集謝氏詩文比較有利。或者説，謝氏集子的憤激悲啼、反潮流的基調，因其孤忠宋室的文化指向，反倒有可能得到廣

〔二〕繆一鳳，號丁陽，明隆慶年間任江西石城、寧都縣令。繆氏本最早得之於「雲塘族祖處」。按，繆思恭，號雲塘，約正德年間任廣東臨高縣教諭。

泛認可，甚至被作爲辨認謝氏詩歌風格的標誌。仍以萬曆四十六年校訂本爲例。卷一之末增收续琴操哀江南，其序略云：宋季有以善鼓琴見上者，出入宫掖間，汪姓，忘其名。臨安不守，太后、妃嬪被擄北庭，汪從行。及歸，舊宫人與之别，援琴鼓，悲不自勝。後竟不知所在，汪蓋死矣。客有感之者，爲續琴操曰哀江南，凡四章。編者長註，乃引元代學者、方鳳門人浦陽吴萊的識語，曰哀江南四章，「或傳粤謝翱作，讀其辭甚悲，因其辭以推其心，則其所悲又有甚於此辭者，謂非翱作不可也。當宋季年，大兵壓境，兩宫且以琴酒自娱」。「藉令長江天塹北軍不能飛渡，安能坐守江南數郡爲一𪓟茲國哉。」「予謂琴操多出於憂愁窮苦之人而有所守者。翱之於辭適契焉，故録之。」這裏推斷謝翱是哀江南的作者，最重要的根據是「悲」「守」二字。琴詞甚悲，作者心所悲者更大，其身雖處「憂愁窮苦」之境，而心中仍有所持守，不容移易。「翱之於辭適契焉」，就是説，謝翱的爲人與該歌詞的情感正相契合、特别契合。又，吳萊識語後徐𤊹加按，則引程敏政輯宋遺民録，稱詩序中的汪姓善鼓琴者即汪元量，爲人感慨有氣節，嘗以善琴受知於度宗，著有水雲集，晚年「所歷皇王帝霸故都遺蹟，可喜可詫可驚可痛哭者，皆收拾於詩」，人或目爲「詩史」。這是針對琴詞之序的説明，使註解持論更加周全。

大抵言之，明代中後期各版晞髮集内容遞有增補，主要不在正文，而在附録部分，古代没有檢索電子文獻手段，發現謝翱新的詩文作品相當困難，晞髮集整理刊刻水平遂比較集中地表現在全書體例、篇目編排、文字校覈和附録内容選擇等上。萬曆四十六年刊本以繆一鳳手訂、其子邦珏校刻的「繆氏本」爲祖本，經徐𤊹考訂勘正，再由郭鳴琳校刻重梓。文字訛誤多已補正，而好自造字，如㑂𢓜（徬徨）、𢝫㤟（恍惚）等等，以表現遺民蟄居山林的苦境悲情。又如楊慎丹鉛總録所説，此集「多臯羽手抄，濕字多作溼，蓋從古溼字之省」，此言該書用字特點。該書框架結構，卷首有萬曆戊午年五家「原序」，卷末有同年校刻者的跋語，還在「原序」後特設「彙序」，收録弘治十四年辛酉，嘉靖十七年戊戌、三十四年乙卯，隆慶六年壬申，萬曆二十四年丙申、二十六年戊戌、四十六年戊午、四十七年己未等八個年份凡十二家舊序，爲探討明代中後期晞髮集的編纂情況和版本源流提供了可貴的資料。全書十卷，其編排目次，前八卷爲正文，末二卷爲附録，附録其一（卷九）主收謝翱傳記資料，其二（卷十）主收謝翱作品評論資料。正文部分按照體裁分類，前詩後文，文一卷（卷八，記十二篇，序一篇）。詩是晞髮集的主體，占了七卷：卷一爲樂府，卷二爲五言古體，卷三卷四爲七言古體（上下），卷五至卷七分别爲五言近體、五言排律和七言絶句。正確無誤地將兩百多首詩一一分析歸類，工作量不小，編者不僅要通曉詩律，還要具備深厚的語言學素養，而閩浙人士受方言困擾，尤屬不易。弘治本對所載歌詩之體裁的辨認，只能提取14首五言詩劃爲近體，其他的除宋鐃歌鼓吹、騎吹曲（26首）外，有180多首都歸在古體詩中。這與弘治本還没有完成編纂有關，也與工作本身的難度有關。嘉靖本近體詩只有五言，但迅速增加到80首；萬曆本近體詩有五律、五言排律、七絶三種，凡86首，亦可見出於多種因素之作用，包括專家之作用。

總的説來，萬曆戊午刊本兼得繆氏本和弘治本二源之沾溉，取材既廣，得以稍免偏失。校勘者來自杭州、福州、潮州、福安和寧德，有交情，善交流，專業修養較好，多數人能文擅詩，或參與編纂過文集、志書，富有實踐經驗。這些都是值得重視的有利因素。〔二〕他們設計的篇目結構，序次簡明而有新

〔二〕張蔚然，字維誠，浙江仁和人，博聞多識，精於易理，著有易義分編、西園詩麈；徐𤊹，字興公，閩縣人，有鼇峰集行世；吴仕訓，字光卿，廣東潮陽人，曾與修福安、潮陽邑志；陳鳴鶴，字汝翔，候官人，撰有晉安逸志、東越文苑；崔世召，字徵仲，寧德人，有秋穀集、問月樓集行世；郭鳴琳，字時鏘，福安人，有散文集東皋小稿。

意，内容比較豐富，大者如增設卷十附録二，收載作品評論，特别是蒐集不少地方志書的材料，使讀者進一步認識謝翱對地域文化的影響。小者如謝翱在兩浙，師友間爲歌詩相倡和，是常有的事，此亦常須二詩並載以便讀者。卷二載謝詩遠遊篇寄府教景熙，其後即附收林景熙酬謝皐父見寄。尤其卷四之載謝詩廣惜徃日，序曰：「崇真院絶粒示兒，宋禮部侍郎謝枋得所作也。粤人謝翱用其語，爲楚歌以節之」云云，更須與謝枋得原作並載，讀者方能知曉始末。可惜只有兩首詩這樣處理。綜合上文所述大小幾個方面的情况，萬曆四十六年刊本可謂明代中後期晞髮集校刻整理的一個系統總結。

（四）關於清康熙刊本晞髮集

清康熙四十一年，又有平湖陸氏校刊本晞髮集，後來被收入四庫全書，影響較大。據四庫全書總目提要稱：「此本爲平湖陸大業以家藏本刊行，云尚從舊刻録出，卷第已亂，大業以意釐定之，校他本差爲完善，然亦非其舊也。」今觀其本，可説是優點和缺點都很突出。其突出優點，是卷帙最多（凡十六卷），内容涉及面甚廣，乃至稱之「最全」之本，其中有事實也有誤解。實際情況是，除十卷「正集」和「遺集卷之上」以外，約有四卷基本都是别人記述、註釋謝翺或謝翺編輯的别人作品。請試比較清康熙四十一年刊本（以下簡稱康熙本）與明萬曆四十六年刊本（以下簡稱萬曆本）如左。

康熙本「正集」，卷首爲諸家序記及傳記資料，卷一宋鐃歌鼓吹曲，卷二宋騎吹曲，卷三至卷六爲古體，卷七、卷八爲五言近體，卷九、卷十爲文。就篇目而言，康熙本大體沿襲明弘治刻本，僅對編排次序略作調整，内容上並無太大變化。而萬曆本諸家序記均置卷首，卷一至卷八爲謝翺詩文，卷九、卷十爲附録，收録謝翺傳記及諸家評論，内容更爲豐富，且編排更具系統性與合理性。

「正集」之外，康熙本收録了較多的相關資料，主要有：

一、晞髮遺集二卷，卷上題爲近藁雜詩，收詩五十餘首，係録自清吳之振、呂留良、吳自牧編選宋詩鈔初集之晞髮近藁鈔；卷下爲金華遊録，係謝翺、方鳳與友朋同遊金華之記録。

二、晞髮遺集補，收録續録琴操哀江南一首，附金華吳萊跋，萬曆本補在卷一之末。

三、天地間集，係謝翺編宋末故臣遺老之詩，收録家鉉翁、文天祥、文及翁、謝枋得等十七家詩共二十首。

四、登西臺慟哭記註，係元明之交張丁爲謝翺登西臺慟哭記所作之註釋，文末有張丁、方鳳、危素、揭汯等十八人題跋，另附韓性、傅藻、高啓等八人題詩。

五、冬青樹引註，係張丁爲冬青樹引所作之註釋，文末有張丁、孔希普題跋，另附黄宗羲（自署藍水漁人）冬青樹引重註。

六、「附録」，收宋周密癸辛雜識一則、元陶宗儀輟耕録一則、明彭瑋「補録」一則、明薛應旂浙江通志四則（實存一則），記載楊璉真伽發宋陵事。

上述資料，多爲明代諸家刻本所無，對於研究謝翶、宋元之際文學及宋元明清遺民心態，均有一定參考價值。但也突出反映了康熙本的缺點，即取材求多而篩選不夠，架構求繁而失於蕪雜；更重要的是，增補謝詩的根據不足。關於謝翶遺詩，明清之際已頗爲難得。康熙本晞髮遺集卷上補鈔之近藁杂诗，係録自宋詩鈔初集之晞髮近藁鈔。據卷首呂留良晞髮近藁小引稱，是藁得自苕上潘氏，即烏程（今屬浙江湖州）潘曾紘所藏陸師道鈔本，題爲晞髮道人近藁，有詩約五十首；而福唐（今福建福清）黄文煥曾抄得謝翶遺詩二十餘首，呂氏以尚及未見爲憾。二者數頗不合，且晞髮「原集古詩大半」，而近藁「多作近體」。呂氏以爲近藁或係謝翱晚年「未定殘草」，別爲一卷，流傳人間者。又，康熙本晞髮遺集卷末陸大業跋引述濟南王公之語稱，近藁與「正集」，如出兩手。可見，當時編者已對所增補之謝詩提出質疑。

此外，本書使用的哈佛燕京圖書館藏清康熙刊本晞髮集，書眉處不時有前人以小字標註文字異同，雖未註明具體版本（往往稱作「坊本」），但在文字校勘上仍有一定價值。

基於上述考慮，此次點校晞髮集，即以寧波天一閣博物院藏明萬曆四十六年刻本作爲底本，以日本内閣文庫藏明弘治十四年、中國國家圖書館藏明嘉靖三十四年刻本及美國哈佛大學哈佛燕京圖書館藏清康熙四十一年寫刻本參校。

另在卷末收入參考資料三組，題爲「資料補編」，稍加校勘，以備研究者參考。卷上收録近藁雜詩（以清康熙四十一年寫刻本晞髮集爲底本，以日本早稻田大學圖書館藏康熙十年吴氏鑑古堂刻本宋詩鈔初集之晞髮近藁鈔參校），卷中爲西臺慟哭記、冬青樹引二家註釋（張丁註以清康熙四十一年寫刻本爲底本，黄宗羲註以四部叢刊本南雷文案爲底本），卷下爲金華遊録（以清康熙四十一年寫刻本爲底本）。

關於點校規則：保留底本的整體結構，文字上參校諸本，差異較大則每篇詩文後出校勘記；不常見的異體字、俗體字，改爲通用字；字形接近的明顯訛誤，如己已巳、歧岐、辨辯之類，徑改；書中闕文，以□代之；標點符號按現行國家標準標點符號用法執行。

因學力所限，疏誤必夥，敬請讀者方家多予指謬匡正。

編者

二〇二三年十月

謝皋羽晞髮集序

張蔚然

每過嚴陵釣臺下，指白雲源荒圻，輒欷歔隕涕，曰：「有宋遺民謝皋羽，哭文信公，聲聞千秋，是其所棲魄處。」皋羽生長溪，就室吾杭，築廬西湖上，往還桐江尋汐社，爲西臺之哭，竟卒於杭，返葬雲源。予誌武林文獻，擬收之「流寓」，嘗愛其晞髮集，以爲能洗宋人習氣，不自意試宰長溪，亟訪皋羽故蹟，得友人徐興公所訂繆氏本，重爲參核，屬郭生鳴琳布之。夫誦詩讀書，要在論世。當信公集師海上，皋羽散貲募客，杖策以從。公死，麻衣繩履，彷徨山澤間，所觸輒哭：過蘇臺，竟夕哭；走探禹穴，北鄉哭；登蛟門候潮山，感乘桴，則又哭；游浦陽仙華巖，酒酣，望天末慟哭；過宋故宮，悲吟伏地哭；而莫著于西臺之哭，荒亭踞酹，以竹如意擊石，歌招魂，山水哀鳴，竹石俱碎，斯豈問桃秦源，採芝南山，以洩孤憤也者。夫亦博浪無椎，江流無楫，聊寄迹羊裘釣竿之區，以冀宗國之有中興而夢客星乎。哭之聲長而旨遠，其詩曰：「殘年哭知己，白日下荒臺。淚落吳江水，隨潮到海回。故衣猶染碧，后土不憐才。未老山中客，惟應賦八哀。」又云：「西臺憶故人，野祭忽如夢。仰視浮雲馳，不覺哭之慟。」又云：「落日失滄海，寒風上薊門。雨青餘化血，林黑見歸魂。」蓋無論西臺有記，故宮有詠，冬青有引，古釵有嘆，即鐃歌之述祖德，琴操之哀江南，長謳短唱，皆哭音也。讀之如野鶴唳秋，嶺猿嘯夜，颯颯乎牢騷侘傺之響，宛成楚聲，故亦託興遠遊，以晞髮自命。說者以其詩方長吉、郊、島，夫郊、島有其質而無其調，長吉有其調而無其情，勿謂宋詩盡遜唐也。文多山記，亦自譎恑澹黯，蓋高季迪吊之云：「所哭豈窮途，中抱千古冤。」悲夫！貞女崩城，貞士懷都，哭有二哉。南渡後，長溪科目遞盛，如隆興、乾道、寶慶、淳祐間，每榜四五人；寶祐至六人，即信公榜，亦至五人，然姓字人無問者，而貧布衣獨以一哭不朽千古，乃擔圭結綬能爲貧布衣之哭者幾。夫皋羽未沾寸禄，顧能爲哭；擔圭結綬，能爲笑不能爲哭。嘻嘻既平，泄泄方蹶，笑之屬也，而不能哭，不惟不能哭，又笑能哭者，悲哉，悲哉！或謂泰寧烏乎哭諸。曰：賈長沙不痛哭厝薪乎？哭於治爲長沙，哭於亂爲長溪。治形而亂實，能爲哭者幾。夫必有哭之氣骨，而後泰寧可勦，板蕩可勘，即信公正氣歌所稱「子房椎，蘇武節，侍中血，睢陽齒，常山舌」，與皋羽哭音千秋答響，悲哉乎！是以論其世也。興公、郭生倘亦有意乎其人而寄慕焉也。吴光卿緝學志，爲皋羽表微，復纂弁言，雅徵同好。先訂是集者，爲穆洋繆孝廉一鳳，有詩曰：「可憐當日西臺淚，併做桐江日夜流。」且稱皋羽爲同里樟南坂人，蓋於是集亦有標識功。第尚多譌漶，興公蒐覈補苴，不遺餘力，郭生分讐，乃始正云。

萬曆戊午禊日，長溪令武林張蔚然書。

謝皋羽集序

吴光卿

有宋出迪遺士皋羽翱，長溪産也，遷于浦城，卒于虎林。其氣憤然，塞于濁世；其書一車，殉乎名山。晞髮集，其一耳，且幾殺青矣。慕其行者，因嗜其言；賞其音者，益重其品。語小，謂樂府諸體似李賀、張籍，近體出入郊、島，古文則直遡柳柳州；語大，謂其悲文山爲悲宋，思子陵爲思光武，深有契于麟經内夏外夷之意，予因而折衷之。皋羽詩不必規規較其聲響，比其色澤，而酣豪發恠穿天出月，真堪與三閭大夫上下，千載間長吉輩不足班也。長溪郭時鏘紹聞德言，雅尚文獻，得徐興公所訂晞髮集，復請正于張令公，萬軸一斑，遂成善本，梓之以傳，欲予序意。予以前人之論讚備矣，反復繫節，得其可風者三焉。夫俗競刀錐，借鋤德色，而皋羽募義散貲，計不旋踵，破除慳悋，一也；世態交游，好朝惡暮，與市道無别，皐羽一嫁文山，終身不貳，效華周、杞梁之妻之哭，死生見情，二也；世人作文章，依傍門逕，不能卓拔，愈近愈卑，皐羽瞑目遐思，直追曠邈，隔絶流俗，三也。皐羽所生之鄉，重嶺叠嶂，令人喘息，得此中奇異者，其人其言與其山其水，爭妍絜峻，皆爲天壤間所不可無之物。后之寓目于斯者，低回嘆賞，並稱靈傑，洵不虛耳。乃有以三者之俗嘲長溪，寧知山川無恙，風韻依然，觀于時鏘，亦足爲長溪解嘲矣。或曰皐羽閩人也，屬所知題其阡曰粤謝翺墓，豈閩、粤之稱本之班史耶。予曰：雖然，皐羽隨文山入粤，文山潮陽五坡之難，皐羽匿潮邑民間，倉皇一訣，燕越九原，皐羽之不忘于粤可知也。陵谷有遷，墓石不轉，可哭可歌，可閩可粤，方死方生，非人非鬼，孤憤奇衷，百代誰測，故讀皐羽集者，更當得于語言文字之外可也。

萬曆戊午上巳日，潮海吳仕訓光卿序。

謝皋羽晞髮集序

徐 𤇾

宋社既屋，忠臣義士感憤激烈之氣，往往發于詞章而不可遏，毋論委質爲臣，如文山、叠山者，其所著作，一本於忠君報國之忱，即落魄布衣丁流離困苦之際，而牢慅不平之念，每寫之於詩歌文字間。吾鄉於宋遺民得兩先生焉，一爲長溪謝翺皋羽，一爲連江鄭所南思肖。皋羽爲文丞相客，當丞相被執以死，晝夜哭不絶聲。思肖更名不忘趙，乃誓不與北人交接，託畫楚蘭以見志。皋羽僑居睦州，思肖流寓吴市，其所託跡畧同，而其所爲詩歌亦峭峻相似。思肖有錦錢集，歲久軼，弗傳。獨皋羽晞髮集行于世，脩詞之士喜誦之，尤爲楊用脩太史所稱賞。先後數集編次紊亂，魚魯不一。虎林張維誠先生來令福安，正皋羽所生之地，下車首徵文獻。郭君時鏘乃取予所訂晞髮集以進，維誠先生復加考核，梓而傳之。予惟古今不事二姓，悲憤亡國，卓行高節足爲百世師者，無如漢之陳咸、晉之陶潛。咸見何武、鮑宣死，即日乞歸，新莽篡位，猶用漢家祖臘。潛知宋業漸盛，飄然棄五斗以去，所爲文章，永初以後惟書甲子，其用意固深且遠矣。皋羽牢愮不平之念，賦楚歌而哀號，擊如意而伏酹，譚勝國事，輒悲鳴煩促，涕泗交睫。嗚呼！哭丞相者，其哭宋社乎。擊如意者，其擊强胡乎。視漢之咸、晉之潛，卓行高節，誠無軒輊。張令君之惓惓于斯集也，毋亦忠義之所激耶。若夫思肖之遺言，可與皋羽凌駕，予求之四方，二十年而不能得，或有發名山之藏，出帳中之秘，予將稽首而受之，庶知吾閩宋有兩義士，皆以詩稱者也。

萬曆戊午孟春，晉安後學徐𤊹興公撰。

謝皋羽晞髮集序

陳鳴鶴

漢藝文志有地形書：楚威王以金陵有王氣，地固有形有氣哉。子夏曰：「堅土之人，剛；弱土之人，柔。」此形氣之説也。詩曰：「維嶽降神，生甫及申。」則又有神焉。神之降，乃生畸人，形氣不得而囿之矣。福安爲閩邊邑，其土風儒雅好修，形氣然也。而環邑皆山，層標沓嶂，奇拔天表，倘所謂含澤布氣以調五神者，非乎？唐神龍初，降其神爲薛令之，以文學德行破閩天荒。其後五百餘年，復降爲謝皋羽，倜儻朗節，不負文文山，其詩文則直禰令之，盡洩宸山天柱之氣，文筆鳳渚之秀。此二公者，殆邑之畸人，崇嶽之所吐符者也。顧令之幸而際唐中葉，無以表見大節，但以廉見知，名垂後世。皋羽不幸而當宋鼎方移，憤惋激烈，有足悲者焉。皋羽著書百餘卷，皆以殉莖，獨有晞髮集稍傳於世。我弘治間，海陵儲少卿巏得建安楊晉叔抄本，於是馮御史允中刻於海陵。嘉、隆間，程文學煦、凌廉訪琯重刻於睦州新安。萬曆初，邑人繆令君一鳳復刻於其邑。刻者數本，至休暢矣，然各有帝虎之訛，讀者病焉。邑大夫張公維誠，武林大儒也，以皋羽嘗居西湖，與之合志於異代，乃取予友徐興公所訂善本，擇諸生之樹義者郭君時鏘，屬以重梓，貽惠後學。予嘗著東越文苑，至令之明月集，憫其弗傳，所傳東宫題壁一詩，又作寒酸語，不見其所長。令之於國則幸無皋羽之遭，皋羽於身則幸逾令之有千載知己。張公治福安，行厨之甑，何異萊蕪，乃尚友千古，折節下賢，不晞皋羽之髮，而握周旦之髮，所得不已奢乎。此刻成，韓陽諸山隱隱復有佳氣矣。

萬曆戊午孟夏朔，侯官後學陳鳴鶴撰。

晞髮集序

崔世召

余少小弄韻語，即喜誦臯羽詩，輒大叫稱佳。已而得繆丁陽公所刻，卒業之，然不無西河三豕之訝。已而郭時鏘再校鍥以行，則武林張維誠、三山徐興公所訂善本也。戊午秋，余刺棹入韓陽，訪張令公客時鏘，齋頭相與探討今古。隨意抽庋上帙，日翻閱一過，每朗誦罷，呼童浮一大白賞之。庶几簷花砌草、淡月黴颸之餘，恍惚若見謝遺民僊僊歸來，因賦短章二律以寄憑吊焉。嗟夫，先生生於吾長溪，而屐跡滿四方，或於鐔津，或於建浦，或於婺水，於臨安；其從信國也，又或於漳、泉，於粵洲、五坡間；而結局埋玉，則在釣臺、白雲之壑。即使死者有知，其遊魂淼宕，何處可招。而千載而下，徒想先生之哭聲，謂其欷歔知己，一腔熱血，直爲文山傾灑。噫！亦甚矣。當先生散貲赴難，伏劍入信國之門，是時信國已東西竄落，計畫半無復之。先生厠身糸軍記曹中，碌碌溷雞羣，不聞其用一謀，試一策。而終信國之身，未嘗片語及先生姓名者。其國士衆人之報稱，受恩之淺深，可知也，不識先生此一點淚，胡爲乎來哉。即不然，信公稍稍引重，未幾散去，遂以爲不世之遇，激烈號呼以從之，亦不過田横島上七十客之流，小丈夫行徑耳。余謂宋季之秋，不周山崩，四維盡坼，茫茫宇宙，爲向來正心誠意悮成奇變，到末僅一文丞相，以握觚書生，憑其義膽，奮不顧身，纍纍然如一木之支大厦。先生已偷眼拊心久矣，一朝挾策勤王，相將發憤，其爲天下雄，豈區區備記曹落人後者。至大事既去，賫志流離，猶四顧低回，屬意再舉，如咏冬青樹云：「願君此心無所移，此樹終有開花時。」又豈須臾忘宋哉。其曰：「願效太史公著季漢月表，如秦漢之際，後人必有知予心者。」嗟嗟！後即有知先生，知其哭丞相已耳。秦楚之際，誰爲馬上翁，誰爲留侯？天不祚宋，何必生渠。悲夫！故愚以爲哭魯公，哭開府，皆寓言也。又曰：「阮步兵死後，空山無哭聲。」壯哉斯言！大丈夫用則爲虎，不用則爲鼠，不大笑則大哭，總以發舒英雄之氣而已。想當日慟哭西臺，數斗之泪，撼林之聲，此時眼光雙白，作何面孔。非惟不知邐舟，且不知有同輩傍觀，併不知有人間世意。蓋私許羊裘老子知吾心下此白雲隱君，亦未易測識耳。夫天下已定，則子陵抗不仕之高；天下已亡，則先生洒不歇之淚。治亂不同，英雄之賫志則一，此惟富春一片石差可與對語。而説者以爲慕嚴光清隱，亦非也。今讀其鐃歌、騎吹諸曲，慨宗國盛時，真可驅風鞭電。及種種詩文，皆有吞吐世界之魄。千百歲其言若新，而史稱所著編目尚多。轉恨方鳳輩名爲莫逆，廼盡殉之殘煙蔓草中，與其骨俱朽，安所稱知心者。雖然，猶有斯集在，使人誦西臺、冬青之篇，知空山哭聲、錢塘靈氣常存天地間，不亦幸乎。大抵吾斗大長溪，其山川磥砢多奇，其人往往有俠烈豪爽之氣，不可磨滅。先生信地靈所鍾，亘天忠憤，照耀今昔，尚矣！後此數百年，復有傾貲捍賊如郭君大科者，竟以死難祀。其志行略相埒，豈慕先生而起也與？抑亦山川所俻值也。郭君者，時鏘大父，蓋嘗向余嗚咽述其事云。

萬曆戊午九日，郡人崔世召徵仲父書於東皋草堂。

晞髮集彙序

儲巏晞髮集序〔一〕

晞髮集，有宋遺民謝翺臯羽所著。翺之出處志行，其友方鳳、吳謙有狀有志，太史宋公暨諸先輩有傳。翺書殆百卷，此集蓋其一也。維宋以仁厚立國，以禮誼恭讓遇士大夫。比其亡也，又值夷元猾夏〔二〕而有之，故食焉仕于朝者，往往死其封疆社稷，以就夫義命之所安。而丞相文公尤光明俊偉，震動一世，迄收宋三百年養士之效。至于儒碩豪傑之士，窮處于家者，恥淪于夷〔三〕，以毀冠裂裳爲懼，則相率避匿山谷間，服宋衣冠以終其身。而翺則丞相曾〔四〕署以職者，計其時，所以處成敗利鈍、死生去就者，諮謀已定。及丞相死于燕，翱傍徨山澤，長往不返，懷賢憤世，鬱幽之氣〔五〕一吐于詞，卒窮以死，視一時督府相從之士等死耳。翱，真丞相之客也。蓋其君臣之所感召，師友之所切劘，故底于成就者如此。嗚呼，是豈一日而然哉。此集，巏抄于建安楊晉叔〔六〕，會馮御史執之按部至海陵，巏出而閲之，作而嘆曰：翱之樂府諸體似李賀、張籍，近體出入郊、島間，古文則直遡柳柳州之派。其志潔，其行廉，有沉湘蹈海之風，是宜傳也。同時之士，泯焉不傳者多矣，翱獨賴是集之存，可以傳翱想見其餘。其不傳者，亦或有殘編斷簡流落人間者乎，將又因之以傳也。乃篋之至揚，告唐運使文載。運使曰：「此予雅慕其人而未見其文者。」遂相與刻之，而囑巏爲之引。

弘治十四年，太僕寺少卿海陵儲巏撰。〔七〕

校勘記

〔一〕晞髮集序，弘治本、康熙本均作「晞髮集引」，嘉靖本未收。

〔二〕夷元猾夏，康熙本避作墨釘。

〔三〕夷，康熙本避作墨釘。

〔四〕曾，康熙本作「嘗」。

〔五〕鬱幽之氣，弘治本作「鬱幽之意」；康熙本作「鬱憂之意」，另有小字註：「憂」，坊本作「幽」。

〔六〕楊晉叔，康熙本作「楊晉叔家」。

〔七〕「弘治十四年」句，弘治本、康熙本均作「弘治十有四年冬十月朔，中順大夫太僕寺少卿海陵儲巏識」。

馮允中晞髮集序〔一〕

予〔二〕按部至海陵，儲少卿靜夫出示晞髮集一帙，乃宋逸士謝翱皐羽〔三〕

所著。余三復之，愛其詩文奇古可法，且悲皐羽之志節將泯然不白于世也，遂箧付唐運使文載校而刻之。夫君子嗜義而殞身，小人貪得而苟免。使俱一時澌盡，則來者何所勸懲哉。翺一布衣而樹立偉然，尤不可得，後人所當亟以表章者。嗚呼！皐羽豈但文詞之工哉。讀是集者，尚論其世可也！

弘治十四年，監察御史郴陽馮允中撰。〔四〕

校勘記

〔一〕晞髮集序，弘治本、康熙本均作「跋晞髮集後」。

〔二〕予，弘治本、康熙本均作「余」。

〔三〕皐羽，弘治本、康熙本均作「皐羽父」。

〔四〕「弘治十四年」句，弘治本、康熙本均作「弘治十四年十月上澣日，文林郎監察御史郴陽馮允中書」。

吳勳晞髮集序〔一〕

韓子云：「大凡物不得其平則鳴。」而况忠義之在人心，有所未遂，不能不形于詩歌，吐爲文詞，以洩其憂思沉鬱之氣。是氣也，胡爲而然也。蓋天地之正氣不待生而存，不隨死而亡，不以成敗利鈍而有間也。姑以宋事論之，得是氣而成有宋之偉績，韓、范、富、歐是也；得是氣而圖宋室于既亡，文山、皐羽是也。其成敗利鈍雖殊，其氣之掀揭宇宙、流行今古，則一也。三代之後，宋以忠厚立國，而培養扶植漸涵浸漬，至有遺民不盡如皐羽者，夫豈偶然哉？觀其杖策歸文，其生也有所爲；依附子陵，其死也有所歸。天若祚宋，其所樹立，當不在韓、范、富、歐下矣。昔人謂桐江一絲，扶漢九鼎，然則皐羽招魂之歌，至今讀之猶有生氣，豈不足扶宋于千百世之後哉。予仕睦將三年，而于皋羽未嘗一日忘也，乃復尋〔二〕舊址，廓而新之，人始知有皋羽之墓。又得晞髮集，讀之慷慨激發，不下楚詞，雖出于憂思沉鬱之餘，要之不失乎性情之正，然後知耿光遺烈猶有存焉，而感發興起，不有待于斯乎。

嘉靖乙卯，新安玉泉吴勳撰。〔三〕

校勘記

〔一〕晞髮集序，嘉靖本爲「晞髮集後序」。

〔二〕復尋，嘉靖本作「尋復」。

〔三〕「嘉靖乙卯」句，嘉靖本作「嘉靖歲乙卯孟秋望日，新安後學玉泉吴勳書」。

王景象晞髮集序

敘曰：古稱燕趙多忼慨之士，鄒魯産守節之儒。若皋羽者，可謂兼之矣。昔靈均被放，睠懷〔一〕于君，不能自已，而醜惡害正，實繁有徒。于是有緤馬閬風、濯髮洧盤之懷。阮籍之時，奸宄得志，侘傺〔二〕憤悶，途窮乃號，觀其咏懷之什，殆攄其藴，而非徒爲兒女無益之悲。皋羽于宋，未嘗沾人之禄，僅客文山而止耳，乃懷靈均之思，慟阮生之哭，是遵何説也？蓋君臣之義不可解于心。夷夏異位，今古之大變，時既無要離、聶政以奮祖龍之一擊，又不能得漸離之筑〔三〕，報荆卿于冥漠之間。西臺之歌，與楚招不謀而相符。其酸楚激烈，可泣鬼神而悽人肺腑〔四〕、擊節而歌也。異處仲之所存，晞髮而遨也；匪蛟螭〔五〕之故作，過期而哀也。雖有破山注海之狀，而悲恐〔六〕失其所依。鐃吹、古選、近體、雜著之作，足以闡昭大宋之英聲，而澡雪胡元之塵垢。抑鬱之氣于是乎伸〔七〕，忠義之懷于是乎在，可謂驂元而駕柳，追屈而配阮矣。一時同志之士，皆振衣千仞，濯足清流，自樹瓌瑋，九死不變。宋室養士之報，因之以彰。鄒魯之風，不得獨擅于前矣。然宋室既亡〔八〕之後，有合尊生子之謡，雖正史所未備，揆之天道，要亦未必爲無稽。使皋羽有知，忼慨不平之懷，或可少慰于千古云。

嘉靖乙卯〔九〕，新安王景象啓明撰〔一〇〕。

校勘記

〔一〕睠懷，嘉靖本作「睠顧」。

〔二〕侘傺，底本作「佗傺」，據嘉靖本改。

〔三〕漸離之筑，嘉靖本作「漸離之瑟」。

〔四〕悽人肺腑，嘉靖本作「悽入肺肝」。

〔五〕蛟螭，嘉靖本作「阿螭」。

〔六〕悲恐，嘉靖本作「非恐」。

〔七〕伸，嘉靖本作「宣」。

〔八〕宋室既亡，嘉靖本作「宋社既屋」。

〔九〕嘉靖乙卯，嘉靖本作「嘉靖乙卯孟秋望日」。

〔一〇〕新安王景象啓明撰，嘉靖本置于序前，作「明新安後學泂山王景象启明撰」。

程煦晞髮集序〔一〕

晞髮集六卷〔二〕，乃宋謝公翱皐羽所著。公集殆百卷，此獨〔三〕存其關于忠義大節者耳。嘗攷宋遺民録，讀公西臺招魂之詞，可謂有忼慨悲歌之風，及覽楊升菴詩話，稱公著作乃宋季詞人之冠，以未獲見爲歉。偶與玉泉吴子談及推睦時首創公之祠墓，因示予以碑刻，重以是編，夙懷良慰，如獲大弓，遂命梓人，與秉彝好德者共焉。

嘉靖乙卯，新安程煦撰〔四〕。

校勘記

〔一〕嘉靖本無題，置於卷末。

〔二〕晞髮集六卷，嘉靖本作「右晞髮集五卷」。

〔三〕獨，嘉靖本作「特」。

〔四〕「嘉靖乙卯」句，嘉靖本作「嘉靖歲次乙卯六月既望，新安後學程煦謹識」。

凌瑄晞髮集序〔一〕

昔者聖人之作春秋，其所爲凜凜于一字之微，以責備乎當時之后王君公者，莫大乎華夷之辨。蓋人紀所由植立，而萬世之治忽所關也，故曰「春秋謹嚴」。嗚呼！孰知千百世之後，有蒙古之亂乎。夫宋之先，非無朱邪、石晉、拓拔之分治也，非無五胡之擾攘也，然中國之統猶存，譬之雲霧薄蝕，雖逾時累夕，日月之光無恙焉。宋亡，則正統盡矣，堯、舜、禹、湯、文、武之傳絶矣。以故忠臣義士生丁其時者，其激烈憤惋，獨異乎他時，非道之異時使然也。何則？夏亡而殷興，周亡而漢興，唐亡而宋興，雖革命易姓，不失爲中國。惟時士大夫持不事二君之志，則有甘心巖壑而已。乃若乾坤易位，日月異行，九服之内均爲左衽，使夫子生斯時，其書法當何如耶？謝皋羽先生家浦城，德祐之季，從文丞相勤王，軍敗，脱身走浙江，懷留侯、鄧禹之志，非其時，匿民間以死。其所爲晞髮集，大抵以楚聲發其不得之志，而浩然之氣，如白虹貫日。予得而讀之，涕泗交頤，直欲起先生于九原，以觀今日中國之盛，而無從也。嗚乎悲哉！既與郡守邵君議以克合祠之于翊正祠矣，又出其集而梓之，因爲之序，以發明春秋之義。邵君名廉，南豐人，以給事中知郡事，方以文章氣節名一時，其爲郡加意教化，故以是託重焉。

隆慶六年，徽歙斗城凌琯撰。

校勘記

〔一〕本序及此後诸序，均爲各參校本所無。

邵廉晞髮集序

莊子曰：「君臣之義，無所逃于天地之間。」若宋遺民謝皋羽氏者，以匹庶從軍起閩粵。宋亡，流離闕匿吳越、嚴婺間，真若無所逃者。乃其憤悶幽潛，嘯戛瓊琚，歌總金石，歸乎風韻，允矣。天稟不啻分，義無所逃也。夫天地有正氣，有奇氣。風霆雷電，氣奇而正；山峙川流，氣正而奇。其得之人，爲節義，爲文章，渾然氣同也。皋羽當其時，陰陽錯置，元氣反覆，何世可逃；秦源無桃，南山無芝，何地可逃；赤狐黑烏，上熷下罻，何人可逃。乃劬劬草草，屈蠖誰憐。投虎自衛，寧齒無舌，寧萬無規，寧鹿無馬，寧黿無犧。

博浪袖鐵，荆卿匕首，冀得一當，無所資地。晚乃慟哭嚴陵，委苑白雲，而其蹇産悲酸，耿介慷慨，遇風日晴陰，嶔岑巖嶶，草木禽獸，輒寄胸臆，若將逃于詩者，作西臺記、許劍録、晞髮集，所自命也。嗟夫！宗周遷而黍離存，荆楚亡而離騷在，豈非正氣、奇氣天地不磨滅哉。乃皋羽既棄當世，世亦無復知皋羽者，其知者，以爲哀文山、慕子陵爲得所託耳。嗟嗟！悲文山，悲宋也；思子陵，思光武也。燕啄龍種，中興真主者誰？客星者誰？袖鐵伊何，匕首焉托。孤臣萬死，不得于今，或冀于後，倘有大有爲之君如南陽真主，不召之臣如嚴陵，即一杯尺牘，比補天五石、絳水九鼎矣。西臺許劍，陽阿晞髮，精斯在也。或者過靈均之忠，類横客之俠，即商周明聖，應會天人，首陽採薇，尚父何以稱義，孟氏曷云清聖也。况皋羽所遘，不啻商周星淵哉！今廉訪凌公，明春秋華夷之辨，聖世治教之隆。覆瓿玄草，後有子雲；高山流水，孰無鍾期哉。百年皋羽，公爲知心矣。公以勳德名世，知言養氣，良由素衷。廉愚眇，輒書末簡，愧不能贊云。

隆慶壬申，南豐邵廉撰。

繆一鳳晞髮集序

予少時聞諸鄉之故老，猶能傳皐羽事。里之樟南坂，昔爲謝氏居，故址猶存，今田莽矣。宋季有謝鑰氏，爲予遠祖仲山公之壻，以春秋學見重。其子翶，有文章名，後遷浦城。會文丞相開府劒州，大舉勤王之師，遂傾家貲，率鄉兵數百赴難。及丞相被執，無所歸，匿于民間，徙勾越，以畢所志云。茲歲冬，予于雲塘族祖處得是集而讀之。其詞多奇崛激烈之氣，而麥秀、黍離之感溢于言表，如猛獸失羣，悲鳴長嘯于深谷，風號四震，聞者神悽心愴。噫！先生之身窮矣。究其中信義素定，或者丞相之不北行，其事未可知也。

卒之憤世長往，直欲起古人而與歸，雖生者不死，死者復生，是心可以質之而無愧矣。要之，天地間天理民彝，實賴斯人以不泯，是集不可不傳也。予慨世變滄桑，鄉之文獻凋敝，是集多未及識，僅依䆭本分卷重訂，以寄景慕之意，仍取古今論述先生之事者附諸末。

嘉靖戊戌春，繆一鳳撰。

游朴晞髪集序

晞髪集者，宋謝臯羽所著。其名「晞髪」者何？蓋祖楚騷「沐咸池晞髪」之義也。夫臯羽負倜儻大節，傾貲赴難，忠憤義烈，曾未少展，是宜喑嗚叱咤，樂當血戰，以洩餘忿。乃黯然去都越國，拉友放歌，希意咸池，翩然有欲仙之氣，何耶？嗟夫！嗟夫！予于勝國之事，蓋難言哉。嘗鏡往衷，見吴楚之在春秋，人雖夷，而地則固中國之區也；俗雖夷，而言則不待譯而知也。而脩春秋者，嚴一字于斧鉞，惟夷夏之防爲兢兢。彼蒙古何人？非腥膻其域，侏儒其語，爲三代所薄伐，而秦漢所爲空漠南之庭者乎？奚啻擯而不録，如春秋之于吴楚哉？乃偃然墟宋之社，纍宋之臣，南面而爲天下主。皐羽丁兹時，憤懣激烈，既不能櫜鞬鞭弭，以一木支大厦，又未嘗析圭儋爵，以致命于封疆。其計畫無所之，乃隱身遁跡，託興幽人，而與二三同志締膠漆然諾交，以夷猶甌山越水間。遇奇勝必遊，遊必味其忠義蘊蓄，忳邑侘傺無所抒洩，而一于詩歌乎發之。觸物比類，緩態促節，或清而和，或沉而雄。史氏謂其詩直遡盛唐而上，卓有風人意味，文尤嶄拔峭勁。楊用脩謂其詩精緻奇峭，雖李賀復生，亦當心服，未可例于宋視之。蓋至于冬青樹引、俠客吴歌，竹如意擊石數韻，西臺慟哭記諸篇，砰磕磋砑，一字一淚，令人讀而欷歔，想見其遺恨于吞吴之不得自遂者，志誠足悲矣。夫屈氏孤忠見放，猶然哀高丘而戀湘瀨，以臯羽視屈氏何如哉？大物既改，枯腸九回，人非楚而懷則楚，詞非楚而旨則楚。其擬騷命集也，與湘臣作騷之意同一，跼蹐牢愁不得已。而欲游心于物外。而要之臯羽所值，則冠屨倒置，天地易位，其事有甚于楚矣。故予于勝國之事，蓋難言之也。臯羽不云乎：「今人不有知予心，後之人必有知予者。」夫以臯羽之直節素志，即無斯集，已足雄視千古，而與文文山、謝疊山輩並傳不朽，而矧所撰著彪炳卓越，又皆程于法而衡于古，如方、鄧、潛溪諸君子之所評隲乎！信乎其可傳已。先是，予友丁陽繆君懼鄉國之文獻或湮滅而無述，手加校訂，未及梓而逝。至今丙申歲，其嗣邦珏始募工付剞劂，以成父志。蓋皆重民彝而尚友古人，有足嘉者。予與繆氏有世誼，而又雅慕臯羽之爲人，因次其語而弁諸首，以寓景行之意云。

萬曆丙申，福寧游朴撰。

繆邦珏晞髮集序

謝皋羽，予里樟南坂人，實予族遠祖宋秘書省正字仲山公諱烈者外甥也。其節義文章，炳朗諸名公傳誌間，無容贅矣。第其遷徙靡一，或書爲建寧人，或有延平人，間有爲長溪人者，而又畧其里居也。以故先君得于遺集于蠹蝕之餘，爲之彙録成帙。彼時宦遊歸老，未及付之剞劂。丙申夏，予謁大条游少澗公，因詢予里中今昔人物，予時對以皋羽始末，而大条公雅有闡幽之意，命刻以傳，而以首序自任云。予惟古先賢哲足爲後生典刑者，雖片言隻字，天下後世爭相傳誦，况皋羽爲吾里哲人，而節義文章如此，又况爲吾先君惓惓所欲爲表揚之而未遑也耶。故承大条公命，遂忻然梓之，并録諸名公鉅筆附之于右。

時萬曆戊戌季春，穆溪繆邦珏撰。

李叔元重刻謝皋羽集序

吳越有二塚，其一伯鸞，鄰要離，其一謝皋羽，揖嚴釣臺。故人皋伯通方吳所劍許者，事頗相類，然吾謂光、鴻一派也。文丞相死于宋，而皋羽慟哭死于文丞相，豈直爲知己殉哉，鼎足光、鴻之間無愧！若要離所殉者，弑君而斬其君之嗣者耳，罪亞專諸，而俠醜聶政，政猶念母，離乃燔子，不曰子親之枝乎。太史公不立傳，安言烈士？然則二塚者，梁當奴使要離，而嚴當弟友皋羽，此定論也。皋羽雖顛沛流離，而著作甚富。宋景濂稱其詩逼盛唐，文嶄拔峭勁，雷電出入風雨中，晞髮集特一斑耳。懷仁扶義，子陵十四字不爲少，伯鸞、皋羽著書不爲多；嚴、梁有子孫不爲多，謝無子不爲獨。今往來桐江，而不知皋羽則已，試讀晞髮集，訪壟處，而不欷歔以拜者誰哉？皋羽自署粵人，表墓亦如之，豈以漢書稱兩粤乎。若稽班志，則浙之富春，閩之治，又吳分而非粤矣。故余刻斯集，僭更曰宋閩謝翱著。宋，君也；閩，親也。翱不忘宋，豈忘閩。若是，則燔妻子以殉弑奪之烈士，皋羽尚未肯奴之矣。

萬曆戊午臘月庚午，晉江李叔元書于挹吳署。

真憲時皋羽集序

文生于情。悲歌痛哭，情之至者也。宋祚畢于犬羊，腥風滿世。彼一時也，山水雲嵐，木石無情之屬，無不華損精銷，陰黯如咽，而況懷忠抱憤者乎。謝皋羽以遺宋男子，徘徊故宫舊國之間，求所以收合殘黎、吹起餘燼者，四顧無我偕事之人。已矣廬陵，悠悠我心，且歌且哭，神傷以死。悲夫，皋羽之情也，獨知己也乎哉！皋羽慟深于國恨，靈均憂結于主昏，千載同悲，情有獨至故耳。子陵隱者，非皐羽所慕，意者慕其遭耶。夫陵于漢，羽于宋，一而已矣。漢亡而陵隱，故人舉義，未相從也。天下定而拜官，人耕之，人炊之，己食之乎。陵有人成就孤高，羽無人發舒孤憤。兹其所以浮瀨登臺，楚歌放哭，竹石俱碎也。除兇雪耻，之死未酬，埋骨白雲源，與釣磯分岸，庶幾後死照見此心，猶冀一當以瞑身後之目，無爾寂寂，謂宋無人，爲隔江之叟所笑，是則皐羽之情也。先生建人，卒杭葢睦。建，余鄉；杭、睦，余治所也。余嚮者未知有先生，乃今始得其集，乃今始識其墳。宇宙之大，忠賢之衆，姓名可與日月爭光而埋没烟草者，可勝記哉？咨嗟往哲，不能不深有感于斯文。

萬曆己未春日，松溪真憲時序。

晞髮集卷之一

宋　長溪謝翱　著

明　邑令張蔚然、郡人徐㶿　訂

邑人郭鳴琳　校

樂府

宋鐃歌鼓吹曲

太祖嘗微時歌日出，其後卒平僭亂，證於日。爲日離海第一。

日離海，清曈曨。沃以積水，涵蒼穹。神光隱，豹霧空。氣呼吸，爲蛇龍。赤雲衣，紫電從。吹白衆宿，歌大風。天昊遁，清海宮。

右日離海十四句，十二句句三字，二句句四字。

宋既受天命，爲下所推戴，懲五季亂，誓將整師，秋毫無所犯。爲天馬黄第二。

天馬黄，産異方。龍爲馬，白照夜。氣汗雲，聲篳野。備法衣，引宸駕。騰天垠，倏變化。閏之餘，劘以覇。閲八姓，瞬代謝。驅祥靈，入罟擭。皇上帝，監於下。誓無譁，出既禡。市日中，不易賈。坐明堂，朝諸夏。賚萬方，錫純嘏。

右天馬黄二十六句，句三字。

宋既有天下，李筠懷不軌，據壺關以叛，王師討平之。爲征黎第三。

黎之埜，彌蒼莽。迤壺關，屬上黨。有雄獝健，曰餘宿將。於故之思，泣趨示厥像。倚孽狐，勢方張。辨臣獻議，勸下太行。太行，依吳棫讀如輩行之行。中厥懷、孟、虎牢，計之上。爭洛邑，以東鄉。王師奄至，扼其吭。帝授方畧，中厥狀。獸窮駭突，死卒以煬。脅從已逮，孥肆放。凱歌回，皇威暢。

右征黎二十六句，十四句句三字，十一句句四字，一句句五字。

上親征李重進，至廣陵，臨其城，拔之。爲上臨墉第四。

上臨墉，戈燿日。韎韋指顧，流電疾。皐止其魁，不及卒。其魁則頑，曰予虓。日出〔一〕坐于轅，門斧以率。歸子徃諭，泣股栗。語中其肝，至畢述。待〔二〕不及屏，沮回遹。鞠投于燎，甘所即。皇仁閔下，焉如字。止蹕。貔貅徹竈，歸數實。獲其棘矢，納世室。

右上臨墉二十四句，十二句句三字，十一句句四字，一句句五字。

校勘記

〔一〕日出，康熙本作「自出」。

〔二〕待，嘉靖本、康熙本作「侍」。

湖湘亂，命將拯之。至江陵，周保權已平，賊出軍澧南以拒，卒取滅亡。

爲軍澧南第五

軍澧南，潰飛鳥。鷹隼北來，龍蛇夭矯。帝有初命，奉致討。臨於荆，妖孽既掃。胡驅而孕雉，入蒼莽以保。王旅長驅，颯振槁。以仁易暴，戒擊剽。惟荆衡及郴，士如林。磔〔二〕其節蝨，春葩秋陰。我有造于南，尼心切。式敷德音。

右軍澧南二十句，七〔三〕句句三字，九句句四字，四句句五字。

校勘記

〔一〕礫，底本作「磔」，據弘治本、嘉靖本、康熙本改。

〔二〕底本脱「七」字，據弘治本、嘉靖本、康熙本補。

王師拯湖湘，道渚宫，高繼冲懼，出迎，悉以其版籍來上。爲鄴之震第六。

鄴之震，震于户。戒登陴，徹守御。神威掩至，不及拒。沿楚以南，菁茅宿莽。獻于王吏，奉厥土。天子有詔，侯西楚。自南北東，皆我疆。龍旗虎節，拜降王。秦戈鞏甲，期韜藏。冕旒當中，垂衣裳。

右鄴之震二十句，十一句句三字，九句句四字。

蜀主昶懼，陰結太原，獲其諜，六師征之。昶至，以母託，上許歸母。數日，昶卒，母以酒酹〔一〕地，因不食，亦卒。爲母思悲第七。

母思悲，母于歸。母聞帝語，妾歸無所。妾生并土，蜀埜芒芒，奄失其疆。初帝謂母：子昶來，小者侯，大者王。有痍其肌，載粟于創。畢有下土，方歸母于鄉。天不汝奪，朕言不忘。

右母思悲十六句，五句句三字，十句句四字，〔二〕一句句五字。

校勘記

〔一〕酹，康熙本作「酧」。

〔二〕諸本皆作「十六句」「十句」，當分別爲「十七句」「十一句」。

劉鋹亂嶺南，爲象陳以拒王師。象奔踶反踐，俘鋹以獻。爲象之奔第八。

象之奔斯，惟迹蹶蹶。魚麗駕空，雲鳥潰。南草浮浮，順於貔貅，焚其帑實。棄厥陬，皇風播，播，協畢后反。平聲霿。星辰起，皆北走。走，音奏。唐季以來，逆雛來咮。嶺南〔一〕肅清，無留後。于汴獻囚，凱歌奏。

右象之奔十八句，八句句三字，十句句四字。

校勘記

〔一〕嶺南，弘治本、嘉靖本、康熙本均作「嶺海」。

上命將平南唐，誓：「城陷，毋得輒戮一人。」衆咸聽命。爲征誓第九。

帝命將臣，誓師出征〔一〕，伯禡同。牙于庭，曰無劉我人。曲阿惟唐，以及豫章。孽于南國，楚粵是疆。我師孔武，聿禽其王。始怒頷頷，將臣不懌。曰如上命，即起予疾。弓韜于衣，刃以不血。收其石程，焚其侈淫。視于丁寧，筈〔二〕羽不飲。平聲。收其鏄磐〔三〕，平聲。以獻于京。于廟〔四〕告成，垓埏既平。

右征誓二十四句，二十三句句四字，一句句五字。

校勘記

〔一〕出征，弘治本、嘉靖本、康熙本均作「于征」。

〔二〕筈，底本作「筈」，據弘治本、嘉靖本、康熙本改。筈，羅網；筈，箭尾。

〔三〕收，嘉靖本、康熙本均作「取」。磐，嘉靖本、康熙本均作「磬」，疑底本誤。

〔四〕于廟，康熙本有小字註：「廟」，坊本作「京」。

錢氏奄有吴越，朝會貢獻，不絶於道，至是以版圖歸職方。爲版圖歸第十。

版圖歸，歸職方。昔服踋注，備戎行。帝錫之旆，龍鳥章。酹獻命與胥，今上及秦王。外臣拜稽首，笑頷帝色康。畢同軌，來於梁。羣靈奕奕，敷重光。願止劍履，覲帝裳〔一〕。四海臣妾，配虞唐。

右版圖歸十八句，九句句三字，五句句四字，四句句五字。

校勘記

〔一〕帝裳，弘治本、嘉靖本、康熙本均作「帶裳」。

陳洪進初隸南唐，崎嶇得達于天子。至是，籍其國，封畧來獻。爲附庸畢第十一。

清源無諸邦，力弱臣秣陵。間道〔一〕遣進表，九門望日旌。願齒鄒與郳，自達天子庭。四鄰彫霸業，國除洗天兵。皇靈暢遐外，蜑俗邇聲明。歸其所隸州，乞身奉朝請。音青。〔二〕帝命得陪祀，湯沐在王城。從茲附庸畢，歌以頌河清。

右附庸畢十六句，句五字。

校勘記

〔一〕間道，底本作「聞道」，據弘治本、嘉靖本、康熙本改。

〔二〕音青，弘治本、嘉靖本、康熙本作「叶青」。

太祖征河東，班師，以伐功遺太宗，卒成其志。爲上之回第十二。

上之回，舞干戚。鳴鑾在鑣，士飽力。桴鼓轟騰，罕山北。餘刃恢恢，軍容肅穆。王畿主辰，參後服神，繼聖伐功。卒扼以偏師，斷北狄。矢菆鳴房，蝟集的。質子援絶，親銜璧。并俗嚬嚬，附于化，以安得。其屈產，歸帝閑。

四夷君長，來稱藩。籥節夷樂，示子孫。

右上之回二十六句，十三句句三字，十二句句四字，一句句五字。

宋騎吹曲

親征曲第一

雲屯列竈驅貔貅，殿前殺馬祭蚩尤。勾陳蒼蒼太白濕，賊帳夢驚繞營日。軍呼萬歲摧太行，驊騮東抹流電光。重華繼堯坐垂拱，並土再駕無葛疆。

回鑾曲第二

建隆親征回鑾二之一

徂暑黎陽車駕歸，掃清氛翳兵更衣。江都朔雲車駕出，凱歌消冰供尚食。都人引領望翠華，征人一月俱還家。

開寶親征回鑾二之二

長堤夜幸士素飽，孤城沈竈無飛鳥。從征鹵簿拜上恩，太常朝上回鑾表。

太平興國回鑾二之三

都人望氣歸瑶闕，星掃茸頭落參伐。西人冉冉留紫雲，六飛擁日歌回軍。

遣將曲第三

平荆湖遣將三之一

天門雷動開風雲，内前盡給羽林軍。聖人神武授方畧，斬將搴旗各駿奔。王師所過如時雨，洗濯焦枯嚮荆楚。重宣德意吊遺黎，素服軍前釋俘虜。全家到闕拜上恩，詔書爲築先臣墓。

下劍門遣將三之二

神風流霆驅偃草，天兵夜下西南道。虎賁長戟來鳳州，歸峽銜枚疾如掃。廟謨萬里諗諸將，山川曲折圖形狀。天同鬼授契若符，坐滅罘罳虜供帳。歸來論功授節鎮，鐃鼓殿前歌破陣。

歸朝曲第四

南平王歸朝四之一

荆南萬里朝天道，巫女雲荒産芳草。錦韉道賜帶盤鵰，方物南來進龍腦。願陪郊祀依日光，供帳歸朝親奉表。勳階邑食及隸人，移鎮徐戎作家廟。人生富貴侯與王，四海爲家皆故鄉。

吴越王妃歸朝四之二

勾吴月令牽牛中，妃以開寶九年三月隨王入朝。翟茀乘風來閟宫。隨王劒履朝上殿，黄門夜趣長春宴。昭容引班入内朝，龍衮當中開雉扇。宴罷朝辭生局促，詔賜離宫作湯沐。先生蒸嘗澤有差，上恩許歌陌上花。

諭歸朝曲第五

淮南草濕網蟲露，家在先朝父尚主。真人御極四海歸，偃蹇不朝稱節度。夜持鐵券爲爾賜，上恩特遣儀鑾使。神離魄奪取族夷，功臣効命錫龍旂。

李侍中妾歌第六

李筠愛將惟儋珪，美人姓劉筠侍兒。城危搶撥不得力，雨損鉛華帳下啼。擁髻前言馬有幾。猶説閨中那問此。赤龍從東乘日車，火〔一〕繞城門内蛇死。英雄際會風雲奔，嫃人思報羅裳恩。

校勘記

〔一〕火，底本作「大」，據弘治本、嘉靖本、康熙本改。

孟蜀李夫人詞第七

春荒曲薄蠶叢土，屈狄歸朝辭廟主。官家呼母恩許歸，劍閣并門無處所。一作「淚如雨」。故衣升屋棺四繞，出門哭子汴州道。回腸酹酒三致辭，巴蜀如歸化啼鳥。老身不食〔一〕追爾魂，鹵簿臨門拜上恩。

校勘記

〔一〕不食，康熙本作「不入」，另有小字註：「入」，坊本作「食」。

南唐奉使曲第八

孤城圍中拜右史，侍書猶對重瞳子。請行慷慨期緩師，奉命日馳三百里。河流遡風車北首，便殿蒙恩引天袖。臣肝有血不濺衣，寸舌欲存建王後。奇胸如江湧崔嵬，慟哭不得天顏回。

伎女洗藍曲第九

後庭朱黄作衣裹，伎女帳帷青曳地。碧緑夜掛寒不收，緣此洗藍渟露水。外間學染因得名，不省歸朝爲國氏。他年寄生産鴟尾，空憶宫中鳥銜子。

邸吏謁故主曲第十

嶺南使鶴日教戰，巫女才人詎相見。南橈欲載遠遊冠，衛士盜船去不還。夢見隨俘上江邸〔一〕，道謁淒涼惟故吏。自言置邸〔二〕本先王，方物入朝緣此至。聞言含咽涕灑江，况乃園人舊姓龐。淚辭嶺海無歸處，蒙恩〔三〕祇向江陵住。

校勘記

〔一〕邸，弘治本、康熙本均作「邱」。

〔二〕邸，康熙本作「邱」。

〔三〕恩，底本作「思」，據弘治本、嘉靖本、康熙本改。

續琴操哀江南〔一〕

宋季有以善鼓琴見上者，出入宮掖間，汪姓，忘其名。臨安不守，太后、嬪御北，汪從之，宿留〔二〕薊門數年。而文丞相被執在獄，汪上謁，且勉丞相必以忠孝白天下，予將歸死江南。及歸，舊宮人會者十八人，釃酒城隅與之別，援琴鼓，再行，淚雨下，悲不自勝。後竟不知所在。嘻，汪蓋死矣。客有感之者，爲續琴操曰哀江南，凡四章。

校勘記

〔一〕此篇弘治本、嘉靖本未收，康熙本收於晞髮遺集補。

〔二〕宿留，康熙本作「留」。

我赴薊門四之一

我赴薊門，我心何苦。我本南人，我行北土。眎彼翼軫，客星光光。自陪輦轂，久涉戎行。靡歲不戰，何兵不潰。偷生有慼〔一〕，就死無罪。莽莽黄沙，依依翠華。我皇何在，忍恤我家。

校勘記

〔一〕慼，康熙本作「蹙」。

瞻彼江漢四之二

瞻彼江漢，截淮及楚。起兵海隈，亡命無所。枕戈待旦，憤不顧身。我眎王室，誰非國人。噫嘻昊天，使汝縲紲。姦黨心寒，健兒膽裂。黃河萬里，冰雪峩峩。爾死得死，我生謂何。

我操南音四之三

我操南音，爰酌〔一〕我酒。風摧〔二〕我裳，冰裂我手。薄送于野，曷云同歸。自貽伊阻，不得奮飛。持此盈觴，化爲別淚。昔也姬姜，今焉憔悴。山高水遠，無相見時。各保玉體，將死爲期。

校勘記

〔一〕酴，康熙本爲墨釘。

〔二〕摧，康熙本作「吹」。

興言自古四之四

興言自古，使我速老。麋鹿是遊，姑蘇荒草。起秣我馬，裴回舊鄉。江山不改，風景忘〔一〕亡。誰觸塵埃，不見日月。梨園雲散，羽林鳥没。呑聲躑躅，悲風四來。爾非遺民，何獨不哀。

校勘記

〔一〕忘，康熙本作「忽」。

右續琴操哀江南者四章，章四解，或傳粤〔一〕謝翺作，讀其辭〔二〕甚悲，因其辭以推其心，則其所悲又有甚於此辭者，謂非翺〔三〕作不可也。當宋季年，大兵〔四〕壓境，兩宫且以琴酒自娱。故老言度宗在宫〔五〕，常〔六〕以壺觴自隨，盡日不醉。權臣弄國，江上之師不暇一戰，反以捷聞。蓋必有〔七〕壅塞其耳目、蠱惑其心志而然與〔八〕，否則慄慄危懼之不邺，而又何樂于酒。藉令長江天塹北軍不能飛渡，安能坐守江南〔九〕數郡爲一甌兹國哉。梁蕭繹時，江陵〔一〇〕戒嚴，百官戎服聽講老子。既〔一一〕輟講，諜者言魏軍不出，四境帖然，又復開講一日，以至力屈就擒，身困縵幙，雖拔刀斫案不得悔。嘻〔一二〕！宋季然矣。夫人者乃能以善鼓琴見上，吾意其不爲鄒忌，必爲雍門周，縱不能一悟主聽，使之少有更張，亦能使之泣〔一三〕。若破國亡邑，至聞疾風飛鳥之聲，窮窮焉固無樂已，及大事已去，獨其心怏怏，犇走萬里，若不釋然者。嘻，亦晚矣！天寶盛時，歌者李甌年恩遇無比。禄山亂，甌年流落江南，每歌數闋，四座莫不嘆息泣下，又況天地黯然，山河頓異，使夫人者尚在，庸不有〔一四〕泣黿年者泣之乎。予〔一五〕謂琴操多出于憂愁窮苦之人，而有所守者。翺之于辭適契焉，故録之。若曰南風不競，則自古見之矣。尚何言哉，尚何言哉。

金華吴萊識〔一六〕。

校勘記

〔一〕粤，康熙本作「粤人」。

〔二〕辭，康熙本作「詞」。下同。

〔三〕翺，康熙本作「謝翺」。

〔四〕大兵，康熙本作「元兵」。

〔五〕宫，康熙本作「宫中」。

〔六〕常，康熙本作「嘗」。

〔七〕有，康熙本作「有以」。

〔八〕然與，康熙本作「然歟」。

〔九〕江南，康熙本作「東南」。

〔一〇〕「陵」字處，康熙本空一格。

〔一一〕既，康熙本作「中既」。

〔一二〕嘻，康熙本作「噫」。

〔一三〕泣，康熙本作「立」。誤。

〔一四〕庸不有，康熙本作「庸有不以」。

〔一五〕予，底本作「子」，據康熙本改。

〔一六〕識，康熙本作「跋」。

燉按〔一〕：宋遺民録云，汪大有，字元量，錢唐人，爲人感慨有氣節，嘗以善琴受知紹陵。宋亡，從三宫北去，留燕甚久。時故宫人王清惠、張瓊英皆善詩，相見輒涕泣倡和，語極悲壯，或至文文山狼貓所。作拘幽十操，文山倚歌和之。元主聞其名，召入鼓琴，一再行，乞爲黄冠，歸錢唐。與故宫十八人釃酒城隅，哀音哽亂，淚下如雨。既歸，徃來匡廬、彭蠡間，若飄風行雲，莫能測其去留之跡。自號水雲子，有水雲集，自奉使出疆，三吴〔二〕去國，所歷皇王帝霸故都遺蹟，可喜可詫可驚可痛哭者，皆收拾於詩。劉辰翁、馬廷鸞目曰「詩史」。

校勘記

〔一〕康熙本未收此按語。

〔二〕三吴，汪元量水雲集作「三宫」，更佳。

晞髮集卷之一終

晞髮集卷之二

宋　長溪謝翶　著
明　邑令張蔚然、郡人徐𤑔　訂
　　邑人郭鳴琳　校

五言古體

避暑池上〔一〕

遊子渺天末，晨光東南馳。良時不易晤，胡爲徒來兹。叢柏结夏塔，輕蒲生夕颸。空有齊紈扇，團團手中持。持此欲永久，但感顏髮衰。愛爾雲中鳥，浴彼道上池。餘翎委弱藻，飛去猶淪漪。極目送不返，將以窮所思。

校勘記

〔一〕弘治本、嘉靖本、康熙本均題作「避暑池上擬古」。

擬古二首

翔鱗化海𣅜，不化腦中石〔一〕。人生棄井邑，寄處終爲客。常懷墳墓思，永夜良踽踖。秋風吹蓬顆，累累如布奕。上爲考與曾，下爲叔與伯。豈無故鬼悲，翻念遠行役。服藥得神仙，去後惟留迹。忽夢南遊雲，相逐孤飛翮。

嶠南毒草花〔二〕，離離北潭址。洗花潭洞中，水黑魚盡起。豈無建溪芽，投之以方匕。南山有雨來，百毒化爲水。臨流招故人，洗髮弄清沘。

校勘記

〔一〕不化，嘉靖本作「不見」。

〔二〕此首康熙本題作「其二」。

九日前子善來會山中

朝尋寒露枝，暮摘不盈把。風吹西南雲，幽情誰與寫。有客來縉州，遺我古盞斝。中有鴛鴦文，色如銅雀瓦。浮以鬱金蕤，苔蘚〔一〕藉其下。此物寧足感，聊用助歌者。但懷郢曲悲，豈計所知寡。

校勘記

〔一〕苔蘚，弘治本、嘉靖本、康熙本均作「蒼蘚」。

九日集葆山寺得載字

貧居懶出門，未到輒復悔。偶尋秋夕英，顧見石璀璀。手斸松根苓，下有墳千載。青山如葆羽，無人禁樵採。狂歌呼麯生，悲往興故在。未卜遇浮丘，猶堪居畏壘。

九日禺中登沃洲放鶴峰南望天台諸山

鏡面小蓬島，入剡脱我驂。舍櫂來沃洲，下嶺見精藍。脩眉浮天姥，天台在其南。良遊愛九日，巾〔一〕墮髮不櫛。醉浮秋夕英，饑食決明食〔二〕。遠尋竺僧迹，俛仰千載陳。狂呼許元度，王謝十八人。彷彿川谷應，草木皆冥冥。便欲即之語，又疑物所馮。閉目遊泰初〔三〕，寥廓以爲隣。

校勘記

〔一〕巾，底本作「中」，據嘉靖本、康熙本改。

〔二〕食，弘治本、嘉靖本、康熙本均作「實」。

〔三〕閉目，弘治本、嘉靖本均作「閑目」。泰初，康熙本作「太初」。

五日山中

東隣拔蒲根，南隣燒艾葉。艾葉出青烟，蒲根香勝雪。乾坤生燐火，陰碧期月光。烟隨艾葉散〔一〕，進此菖蒲觴。蒲觴益齒髮，齒白髮如漆。飲餘不盡棄〔二〕，置之五七日。五日化爲丹，七日化爲碧。一服一千年，令人生羽翼。

校勘記

〔一〕弘治本「烟」字處爲墨釘。

〔二〕飲餘不盡棄，弘治本、嘉靖本、康熙本均作「餘飲不盡器」。

寄題山陰徐氏林亭二首〔一〕

見南亭〔二〕

青林見危構，南山覆其陲。林居何爲此，爲〔三〕愛烟霧姿。上有鷓鴣鳥，來從溟海湄。飛止不他鄉，畏與宿願違。違此頃刻間，萬死莫贖之。而憂中夜露，辛苦濕毛衣。毛衣豈願濕，即濕非所辭。莓苔與薏苡，含弄寄相思。

校勘記

〔一〕二首，弘治本、嘉靖本、康熙本均作「三首」。第三首小華陽亭，底本收於卷七。

〔二〕弘治本、嘉靖本、康熙本題名旁均有小字註「擬古」。

〔三〕爲，弘治本、嘉靖本、康熙本均作「所」。

山陰茅宇

山陰久凄凉，復爾見茅宇。客來愛其人，問此於誰語。自云邇先塋，玩搆亦廬處。朝光凌爽氣，初巖亘脩渚。平居狷介心，祗以自爲苦。日夕驅其奴，名之同所惡。驅汝汝不辭，我懷良可悲。

寄所知

何處識君面，青天雲霧裾。携琴上衡霍，玄髮向風梳。别去看流水，三年此躊躇〔一〕。偶同海鳥夢，爲致空中書。

校勘記

〔一〕躊躇，弘治本、嘉靖本、康熙本均作「躇躊」。

九日黎明發新昌望天姥峰

南明匊東山，虧蔽草與萊。前岡接遠阜，樹石如莓苔〔一〕。西南見天姥，旭旭雲日開。下有采藥徑，仙人招我來。手持白菊花，泛以青螺杯。傾杯化靈藥，蕤芳入客懷。俛視浮㸑居，白氣爲塵埃。涼風吹脱巾，一往不顧回。便投此策竹，騎龍下天台。

校勘記

〔一〕莓苔，弘治本、嘉靖本、康熙本均作「苔莓」。

五日觀瀟湘圖

五日泣江蘺，騷人沉佩褋。年深吊古客，滿門垂艾葉。既垂青艾葉，復競畫舟檝。明時内閣子，供奉進瑶帖。豈復懷沅湘，歷舜愬徃牒。江流物色改，看畫淚承睫。彷彿舊居人，指點失故業。三户空鳥啼，九疑列如堞。

玉麈尾

客持麈尾柄，色奪環與玦。麈心隨影祛，一片若行雪。神獸潛空山，何年探靈穴。忽失落人手，遂爲談者悦。陰厓起白氣，篆古踰軒頡。一拂沉蘚文，再拂字不滅。三拂蛟螭騰，世眼不能别。投爾陰厓巔，驚怪吐其舌。

鐵如意

仙客五六人，月下鬬〔一〕婆娑。散影若雲霧，遺音杳江河。其一起楚舞，一起作楚歌。雙執鐵如意，擊碎珊瑚柯。一人奪視〔二〕之，睨者一人過。更舞又一人，相向屢傞傞。一人獨撫掌，身挂青薜蘿。夜長天籟絶，宛轉愁奈何。

校勘記

〔一〕闞，弘治本作「聞」。

〔二〕視，弘治本、嘉靖本、康熙本均作「執」。

遠遊篇寄府教景熙

朝遊扶桑根，不折拂日枝。莫食楚萍實，掬海見虹霓。黄鵠别我影，目盡漢水湄。况復銜其子，風露何當歸。飄蕭軟桂叢，零落紫苔衣。夢魂知爾處，落羽在瑶池。

酬謝臯父見寄〔一〕

林景熙

入山采芝薇，豺虎據我丘。入海尋蓬萊，鯨鯢掀我舟。山海兩有礙，獨立凝遠愁。美人渺天西，瑶音寄清羽。自言招客星，寒川釣烟雨。風雅一手提，學子屨滿户。行行古臺上，仰天哭所思。餘哀散林木，此意誰能知。夜夢繞勾越，落日冬青枝。

校勘記

〔一〕此首弘治本、嘉靖本、康熙本均未收。

峩眉老人别子歌

峩眉有老人，奉命過嵩少。天風吹西翼，冉冉明夕照。濕塵紛墮天〔一〕，髮白更待報。有子爲異物，不得入家廟。慟哭東南雲，相望滄海嶠。青鳥年年來，寄書久不到。

校勘記

〔一〕天，康熙本作「夭」。

落梅詞

北風花糝枝，春風花糝衣。青鳥夢中見，畏來花下飛。豈是得春遲，因緣別春早。夜濕灞陵苔，半在古馳道。入瓦雪冥冥，離樹香草草。那無返魂術，不忍見春老。

子夜吳歌

玄髮照秋水，茱萸香未歇。風吹夜合花，露濕衣上月。

結客行

結交〔一〕衛京師，棄家南斗陲。相看各意氣，欲取遼陽歸。事左脱身去，豈爲無所爲。家藏楚王子，手執五陵兒。泣奉先主令，白旗䲨天揮。鞭屍仇必報，函首捷終馳。力盡志不遂，以死謝漸離。

校勘記

〔一〕結交，弘治本、嘉靖本、康熙本均作「結客」。

謝子靜寄端午藥煎

黟桃弄朝烟，含蟲練〔一〕百杵。山人入藥籙，搗日月逢午。甘酸雜衆味，能生玉池乳。頗憶粤〔二〕吟人，性静無所苦。中年白髮生，寄以潤肺腑。爲謝山中人，願結山中侶。

校勘記

〔一〕練，康熙本作「鍊」。

〔二〕粤，康熙本作「越」。

因北遊者寄峩眉家先生先生曾宰建之浦城故末章及之二首〔一〕

靈關高縹緲，縹緲出層城〔二〕。其上盤紫雲，倏忽牛馬形。交青不栖樹，浴彼清泠〔三〕泓。惟有孤鸑鷟，銜命此山靈。迎風遡寥廓，杳杳西北征。羽毛中道折〔四〕，六月霜霰零。回首靈關雲，淚下如懸纓。

江淹所治縣，〔五〕粤王曾種樹。山人雨後來，空臺惟宿莽。故人出端平，子孫今不武。寥寥南峰寺，枯禪尚靈雨。猶記桐鄉〔六〕祠，影前及僧語。

校勘記

〔一〕弘治本、嘉靖本、康熙本均題作「因北遊者寄峩眉家先生二首先生曾宰建之浦城故末章及之」。

〔二〕層城，康熙本作「曾城」，疑誤。

〔三〕清泠，底本作「清冷」，據弘治本、嘉靖本、康熙本改。

〔四〕折，底本作「拆」，據弘治本、嘉靖本、康熙本改。

〔五〕此首康熙本題作「其二」。

〔六〕鄉，底本作「卿」，據弘治本、嘉靖本、康熙本改。

寄東白許元發

昔我來南方，采藥與君遇。仙核墮寒蕪，水花明遠渚。雲空參語外，露下離立處。別來荒烟中，五閲寒與暑。寒暑豈異初，肌髮不如故。聞處人道變，未得世病愈。驅車望東白，此情那可遡。倘及乘青蜺，爲君拂塵羽。

秋暑飲僧舍分韻得界字

夜露摇井梧，明河涵左界。酣眠知何益，筋力久已懈。餘氛薄中餐，幅巾無所挂。欲去豈不能，有興輒中敗。浮醅濟瓜茗，陰鼎漉薑芥。忽醉此山中，解衣如脱械。凉飔掃地生，塵暑焚香邁。空巢見落毛，石髮卷如蠆。

擬古寄何大卿六首

空山産桐梓，擬作膝上琴。琴成不他飾，種漆江之潯。獨無徽將軫，何以發商音。但得獨繭蠶，飼之扶桑陰。烹魚腹有膠，不患海水深。

雄雌雙碧雞，〔一〕所食琪樹蘤。來棲藥洞中，當春怕乳子。其雌秋别時，守此惟雄耳。可憐銜子歸，萬里渡海水。

世傳賣藥翁，〔二〕出市恒騎虎。朅來空山中，恨不輒與語。長嘯歸無家，獨指梧桐樹。既指梧桐樹，復采梧桐子。持以贈所思，浩歌聊復爾。

石間道人影，〔三〕見者怕髣髴。浮雲過列仙，與語呼之出。身亦竟不出，影亦竟不没。含涕謝仙人，天地此終畢。

流來山中花，〔四〕紺碧三百里。漪漪歙硯雲，含風入秋水。五芝與八石，往往産其沚〔五〕。豈獨秘靈文，亦復隱奇士。不見施家郎，詩詞獨清泚。一朝控白鸞，吹笙洗塵滓。

山人食木實，〔六〕竹實以飼鳳。聞此來空烟，三載脱塵鞚。不見玉笙音，惟聞溪鳥弄。西臺憶故人，野祭忽如夢。仰視浮雲馳，不覺哭之慟。

校勘記

〔一〕此首康熙本題作「其二」。

〔二〕此首康熙本題作「其三」。

〔三〕此首康熙本題作「其四」。

〔四〕此首康熙本題作「其五」。

〔五〕沚，康熙本作「址」。

〔六〕此首康熙本題作「其六」。

巖居效賈島

巖巖百尺屋，山鬼寂四壁。獨抱震餘桐，橫此風中石。夢見一道者，手持青瓦礫。謂此有至音，世人不能識。粟塵起嵯峩，滄海寄一滴。語罷失其處，覺來空嘆息。攝衣起楚歌，斷絃如裂帛。懸藤月露深，蛟龍舞其側。

萍間穉荷效王司馬體

初萍半含絮，頃刻開數畝。荷生浮其間，風雨足解后。百年遊子心，欲作千歲久。昔爲浮萍根，今爲穉荷藕。荷高刺已生，魚遊觸其首。離離荷下萍，吹向白魚口。

效孟郊體七首

手持菖蒲葉，洗根澗水湄。雲生巖下石，影落莓苔枝。忽起逐雲影，覆以身上衣。菖蒲不相待，逐水流下溪。

移參窓北地，〔一〕經歲日不至。悠悠荒郊雲，背植足陰氣。新雨養陳根，乃復佐藥餌。天涯葵藿心，憐爾獨種藝〔二〕。

閒庭生柏影，〔三〕荇藻交行路。忽忽如有人，起視不見處。牽牛秋正中，海白夜疑曙。野風吹空巢，波濤在孤樹。

落葉昔日雨，〔四〕地上僅可數。今雨落葉處，可數還在樹。不愁繞樹飛，愁有空枝垂。天涯風雨心，雜佩光陸離。感此畢宇宙，涕零無所之。寒花飄夕暉，美人啼秋衣。不染根與髮，良藥空爾爲。

越禽惜羽毛，〔五〕不向惡木棲。木奴重踰淮，愛爾巢其枝。巢枝不食實，中有二老棊〔六〕。乳子月明〔七〕中，夢繞東南飛。

弱柏不受雪，〔八〕零亂蒼烟根。尚餘粲粲珠，點綴枝葉繁。小榻如僧床，下有莓苔痕。對此莓苔痕，三年不敢言。莓苔倘〔九〕可食，嚥雪待朝暾。豈無柏樹子，不食種在盆。

閩中玻瓈盆，〔一〇〕貯水看落月。看月復看日，日月從此出。愛此日與月，傾寫入〔一一〕妾懷。疑此一掬水，中涵濟與淮。淚落水中影，見妾頭上釵。

校勘記

〔一〕此首康熙本題作「其二」。

〔二〕種藝，弘治本、嘉靖本、康熙本均作「種參」。

〔三〕此首康熙本題作「其三」。閒庭，底本作「間庭」，據弘治本、嘉靖本、康熙本改。

〔四〕此首康熙本題作「其四」。

〔五〕此首康熙本題作「其五」。

〔六〕棊，康熙本作「綦」，另有小字註：「綦」，刻本俱作「棊」。

〔七〕月明，康熙本作「明月」。

〔八〕此首康熙本題作「其六」。

〔九〕倘，弘治本、嘉靖本均作「儻」。

〔一〇〕此首康熙本題作「其七」。

〔一一〕寫入，底本作「寓人」，據弘治本、嘉靖本、康熙本改。

雪中方四隱君訪宿有詩憶鹿田風雨舊遊奉和併呈吳六贊府

金華入北山，空響出靜竚。鹿田在其巔，肺石來〔一〕風雨。有客六七人，昔遊至其處。惟我愁不眠，起坐蹴君語。謂此定何聲，百感生離緒。玩〔二〕非琴與瑟，復異砧與杵〔三〕。醉者呼不應，愁者自爲苦。空糯怯〔四〕孤衾，展轉如巢樹。濕歌散餘悲，以足拊柱礎。爾來又七年，欲至困羈旅。傳聞老桑門，已復蟬蛻去。入山惡少年，巾鉢空其聚。乃知人世間，何者爲客主〔五〕。而我同懷人，忽復異處所。夢中遙相望，各抱不售賈。有客不同遊，亦是同懷者。地主〔六〕況有期，輿馬不待假。倘規宿山中，疇人〔七〕不應舍。

校勘記

〔一〕弘治本「來」字處爲墨釘。康熙本有小字註：「來」，坊本作「鳴」。

〔二〕玩，嘉靖本、康熙本作「既」。康熙本另有小字註：「既」，舊本或作「玩」，非。

〔三〕砧與杵，弘治本、嘉靖本、康熙本均作「砧將杵」。

〔四〕弘治本「怯」字處爲墨釘。康熙本有小字註：「怯」，坊本作「冷」。

〔五〕客主，底本作「客王」，據弘治本、嘉靖本、康熙本改。

〔六〕地主，嘉靖本、康熙本作「地至」。康熙本另有小字註：「至」，坊本作「主」。

〔七〕疇人，弘治本、嘉靖本、康熙本均作「畸人」。

九日

秋風颯以至，今日重陽日。眼明對南山，尚想陶彭澤。向來建威幕，頗見有此客。驅車不小留，駕言公田秫。一朝又棄去，此意誰能識。寄奴趣殊禮，風旨來自北。只今王江州，建國功第一。故是何岷〔一〕孫，舉動良足惜。飲愧望柴桑，稍以自湔滌。殷勤白衣餉，猶恐不我即。中路候藍輿，要致已甚迫。葛巾赤兩脚，頽然向林宅。此翁本坦蕩，焉能苦違物。雖然可計取，中實未易屈。華軒又何羨，自載返蓬蓽。終身書甲子，往往義形色。如使磷與緇，安得爲玉雪。籬邊菊弄黄，粲粲正堪摘。我方持空觴，千載高風激。

校勘記

〔一〕何岷，弘治本、嘉靖本作「何珉」，康熙本作「阿珉」。康熙本另有小字註：「阿」，舊本俱作「何」。

送殘暑

向已送殘春，當兹送殘暑。離尊雖不同，時節會有去。平生若〔一〕汗塵，欲避無處所。驪駒出商音，畏不將風雨。却憶別花時，紅塵挽衣履。回首漢諸陵，落日無窮樹。

校勘記

〔一〕若，弘治本、嘉靖本、康熙本均作「苦」，當從之。

寄題何氏緑綺樓

北崕有高樓，其南多藥樹。仙人晝采之，遺佩鄉江渚。化爲緑綺琴，軫徽微已具。有客來南方，振衣坐其處。風吹朱鳥巢，欲落鳴至曙。山分地肺雲，水流天目雨。別去重所思，別時不能去。

夏日遊玉几山中

曳舟來山中，出郭税吾駕。獨慕忻衆勝，晨發乃及夜。豈無城中山，愛〔一〕此足幽野。横陳玉几峰，隱護碧殿瓦。并州古男子，禮塔於此舍。而我飲冰人，猶爲内熱者。擬携桃枝笙，舒卷得餉暇。明席織海草，因之一枕藉。冷風吹雪空，相與坐其下。

校勘記

〔一〕愛，弘治本、嘉靖本均作「受」，疑誤。

雨飲玲瓏巖下

垂雲起嶔嵌，衣被松與桂。夜含星斗光，隱若金石氣。雨來輒阻之，不得撫蒼翠。下有桑門子，飲用陶匏器。盆中蓄海石，左顧如牡蠣。疑此磧上來，不知幾年歲。桑門却問客，所居何姓氏。回指南海峰，蒼茫倘一至。

翠鏁亭避雨

亭有魏王妃所題字尚新。王嘗以皇子成德軍節度使鎮明，故妃至其處。

客有遊山衣，著久如薜荔。行行萬翠庭，忽作風雨憇。仰面無所覩，梁間有題字。問此何人書，婉娩有弱氣。云昔魏王妃，學書似李衛。乘雲到此山，洒墨在空翠。塵風吹土花，倏忽景物異。疑此夢與仙，不類人間世。

過舒臨海故宅

破壁濕海蘚，水退〔一〕日氣蒸。云是舒公宅，其孫艾且仁。昔公初作尉，視事即斬人。上書稱臣亶，待罪滄海濱。天子有詔至，汝亶可治民。爾時荆文公，上方邑之鄞。聞此則〔二〕異之，久會公秉鈞〔三〕。謂此非狂狷，引用至中丞。立朝思蹇愕，庶以報君親。蘇公下詔獄，讒者用事新。於此與有力，豈爲重其身。晴風吹海雨，山川尚横陳。俛仰忽〔四〕太息，徒爲驚爾隣。

校勘記

〔一〕水退，弘治本、嘉靖本、康熙本均作「水遝」。康熙本另有小字註：「遝」，宋詩鈔作「邊」。

〔二〕則，弘治本、嘉靖本、康熙本均作「輒」。

〔三〕鈞，弘治本、嘉靖本均作「鈎」，誤。

〔四〕忽，弘治本、嘉靖本、康熙本均作「勿」。

銕蛇嶺長耳僧

嶺上有神僧，風吹竪兩耳。云昔垂至肩，手提忽然起。遊方得至術，來此制蛇虺。衣縫獨繭絲，裂縫蛇盡死。至今山下草，食之蠱可已。客去勿復言，海隅多幻詭。

聽雨

山廚壓炊烟，野雨起薄暮。孤客臥空牀，不識門前路。回風已若休，入壑忽如赴。荒林啼鬼車，往往不見處。隣翁起厭勝，呪作禹餘步。聽雨雜呪聲，起歌助其語。呪靜〔一〕雨亦止，還眠向窓曙。

校勘記

〔一〕靜，康熙本作「盡」。

池上萍

浮萍隨漲水，上到荷葉端。水退不得下，猶粘花萼間。花殷青已見，葉翠枯始斑。何如根在水，根蒂相團團。人生慕高遠，風雲事躋攀。絶髯尚號叫，化爲鶴與猿。幸未及枯槁，萬里吾當還。

觀水

積陰生蜑雨，野水學江流。對屋見燈火，相望南渡頭。浮槎到高樹，白黿起滄州。變恠若不測，神功安能尤。稍退見涯涘，及來痕沫〔一〕收。崩濤〔二〕出白石，隱隱如博投。水楊洗荒根，素髮生古愁。見此倏若化，故流還膠舟。荒源不可詰，欲盡山雲求。

校勘記

〔一〕沬，底本作「抹」，據弘治本、嘉靖本、康熙本改。

〔二〕崩濤，弘治本作「崩疇」。

十日菊

今日非昨日，尚覺秋英好。明日異今日，秋英詎云早。所以惜芳人，采擷常貴少。而彼千載士，憐爾獨皎皎。晞霜敷朝榮，零露抱夕槁。千載且復然，一夕寧恨老。

董孝子墓

脩脩古孝子，家移來水傍。母病食此水，母死葬其鄉。殺人自白吏，就家起爲郎。至今廟下草，猶帶食水香。

萬松道中望南太白〔一〕

笋輿行萬山，中有十里亭。老樹祇一色，野公逾百齡。柴關當太白，藥氣近樵青。岡草粘枯翼，巢枝落退翎。期探幽谷水，共斸松根苓。艾納下天雨，塵風吹冥冥。

校勘記

〔一〕康熙本有小字註：坊本在寒食下。

僧舍避雨〔一〕分韻得入字

故人隔天風，海水吹不立。聊將塵渴心，遠赴山中汲。晴香芝菌生，暝翠霧露濕。惟應雞犬深〔二〕，幽林聽經入。

校勘記

〔一〕避雨，弘治本、嘉靖本、康熙本均作「避暑」。

〔二〕惟應雞犬深，嘉靖本作「唯應雞大深」，誤。

晞髮集卷之二終

晞髮集卷之三

宋　長溪謝翺　著
明　邑令張蔚然、郡人徐𤐝　訂
邑人郭鳴琳　校

七言古體上

芳草怨

湘雲離離沉曉月，疏麻夏死白水發。傳芭楚女辭帳中，夜逐霓旌南過越。荆岑越嶠殊百草，恨結柔絲香不老。紅英〔一〕搗鹽實斧創，青子滿地枝如掃。刺桐樹朽猩猩在，佩雜芳蘺散秋海。鄉來青鳳食花去，瞻望靈均涕零雨。

校勘記

〔一〕紅英，康熙本作「紅杏」，另有小字註：「杏」，坊本作「英」。

春江曲

妾身生長臨江邊，幼嫁酒家學數錢。自從夫壻去爲賈，別妾初下武昌舡。涔陽歸鴈不寄影，嶲州書到已三年。別時夢指水爲誓，惟有海蒀見妾淚。愁抛錦字下中流，卻見海蒀淚如水。

烏栖曲擬張司業

吳宫草深四五月，破楚門開烏〔一〕啼歇。美人軍裝多在舡，歸來把弓墮弓弦。越羅如粟越王獻，宮中養蠶不作線。轆轤出屋井水淺，梔樹花萎子如繭。烏棲烏啼宮燭秋，越女入宮吴女愁。

校勘記

〔一〕烏，康熙本作「鳥」。

廢居行

海濤飜空秋草短，白蛇入窠啗雀卵。經年廢屋無居人，孕婦夜向船中産。歸來多雨臼生魚，穴蟲祝子滿户樞。隣家買屋〔一〕供官役，買得沂王園令宅。

校勘記

〔一〕買屋，弘治本、嘉靖本、康熙本均作「置屋」。

古釵嘆

刑徒鬼火去飄忽，息嫡堆前殯齊發。白烟淚濕樵叟來，拾得慈獻陵中髮。青長七尺光照地，髮下宛轉金釵二。持歸薰沐置高堂，包裹恐爲神所將。妻兒朝拜復暮拜，冉冉卧病不得瘥。省知天物厭凡庸，夜送白龍潭水中。扣頭卻顧祈免死，永入幽宫伴龍子。

雙桐生空井

風飄白露井梧落，葉上丸丸綴靈藥。琴枝連理鳳鳴晨，轆轤雙轉銀缾索。

飛來雙白鶴

飛來縹緲立在門，囑銜竹花意欲言。雄雌來去眼如霧，客已彷彿知其人。笙簫忽遠不知處，知在雲窓與緑户。

山中曲擬張司業

夕烟沉，曙烟起，野㸑溼茫茫，空竿弄塵水。栟櫚樹倚西南雲〔一〕，生葉團團如車輪。桑弓蓬矢半刀筆，去者送盡無來人。捫蘿慟哭衫袖冷，白首空回掃山影。

校勘記

〔一〕栟櫚樹倚西南雲，弘治本、嘉靖本脱「樹」字；康熙本「樹」字處空一字，另有小字註：「倚」字上，舊本俱失一字。

短歌行

秦淮没日如没鶻，白波摇空溼弦月。舟人倚櫂商聲發，洞庭脱木如脱髮。寒蛩[一]哀啼衆芳歇，晨梳青林望吴越。吴歈越吟浪花舞，秋槎溼劒歸無所。愁生酒醒聞山雞，石鏡飛花汗如雨。起招如意擊樹枝，爲君悲歌君淚垂。

校勘記

〔一〕寒蛩，弘治本、嘉靖本、康熙本均作「寒蟹」。

秋日擬塞上曲

落日燉煌北妖星，太白西凉風吹沙。蹟帳下，玉人啼，吹沙復吹草，嘶馬未知道。醉後聞塔鈴，胡天忽如掃。野駝尋水向月行，露下胡兒食秋棗。

瓊花引

后土祠前車馬道，天人種花無瑶草。英雲蕤珠欲上天，夜半黄門催進表。酒香浮春露泥泥，二十四橋色如洗。陰風吹雪月墜地，幾人不得揚州死。孤貞抱一不再識，夜歸閬風曉無蹟。蒼苔染根陰〔一〕雨泣，歲久遊魂化爲碧。

校勘記

〔一〕陰，弘治本、嘉靖本、康熙本均作「煙」。

咄咄復咄咄

咄咄復咄咄，野風吹雲起草垈。竹塵陰陰不見山，雞飛上樹海没鶻。人間舊事新白頭，淮南小兒未識愁。淮南老翁叫無力，瓦盆盛水看日食。

桂花引

風生河漢吹鳴璫，桂宫神斧伐遠楊〔一〕。西遊真人得奇曲，九門不鎖天雨霜。人間青烟溼塵鞚，藥臼嵯峩壓天夢。

校勘記

〔一〕遠楊，弘治本、嘉靖本、康熙本均作「遠揚」。

賦得建業水

建業水，秋風動揚子，魚龍夜落星斗南。潮没潮生蒼鶻起，他年冠蓋物具美。風吹小船入城市，潮去不來風日死。白波〔一〕黄塵烟霧裡，中有長魚食鱣鮪。解后食魚何處是，西上國門望武昌。風雨徙魚來漢陽，武昌魚勞聚寒慘。太白入月魚腦減，武昌城頭鼓紞紞。

校勘記

〔一〕白波，弘治本、嘉靖本、康熙本均作「白浪」。

賦得北府酒

北府酒，吹濕宫城柳。柳枝着地春垂垂，祇管人間新别離。離情欲斷江水語，女兒連臂歌白紵。淮南神仙來酒坊，甲馬獵獵羽林郎。百年風物烟塵蒼，老兵對月猶舉觴。青帘淚濕女墻下，曾〔一〕識行軍舊司馬。

校勘記

〔一〕曾，弘治本作「增」。康熙本有小字註：曾，舊本俱作「增」，今依宋詩鈔改正。

楚女謠

楚山蕭蕭吹紺髮，楚女采蓮歌夜發。年年種葯遲成藕，水深拔根絲在手。懸房學繭秋雨多，化爲魂夢巢蜂窠。前花作實采已盡，後花尚蘂船未過。昨昔浮萍隨漲水，溼紫寒青裹蓮蘂。

後瓊花引

揚州城門夜塞雪，揚州城中哭明月。墮枝溼雲故鬼語，西來陰風無健鵲。神娥愬〔一〕空衆芳歇，一夕蒼苔變華髮。宮花窣簾塵掩襪，玉華無因進吴越。灕灕淮水山央央，誰其死者李與姜。

校勘記

〔一〕娥愬，康熙本有小字註：娥愬，坊本作「鴉愁」。

邛州哭

邛州哭，井水竭。去年哭母瘴海熱〔一〕，今年此日來邛州，母死未禫子爲囚。邛州土濕淚長在，化爲蒼苔色不改，雨洗遊魂歸瘴海。

校勘記

〔一〕母，底本作「毋」，據弘治本、嘉靖本、康熙本改。

秋風海上曲

秋風吹水龍上天，龍女抱珠海底眠。水花生雲起如葑，神龍下宿藕絲孔。巨鼇贔屭鼉鼓隨，赤魚鱗鬣陳旍旗。海人見此失操網，歸對妻兒月下紡。自言移家來磧中，十載秋風潮不上。老夫一人語門前，見此已是開皇年。

明河篇

牽牛夜入明河道，淚滴相思作秋草。婺女城頭翫月明〔一〕，星君冢上無啼鳥。天寒露净沾衣巾，明河倏化爲白雲。雲飛蜿蜿秋在水，石壓槎頭海烟起。

校勘記

〔一〕月明，康熙本作「明月」。

射鳩行

少年摻弩挾兩矢，朝射青鳩暮射雉。人言雊〔一〕雉蛇所化，欲食躊躇筯不下。街頭得錢爭買鳩，網林扶藪〔二〕無時休。老父勸兒食且止，燕安有毒況珍美。爾不見鳩食半夏鳴爾屋，爾毋食鳩有藥毒。

校勘記

〔一〕雊，康熙本有小字註：「雊」，坊本作「鳩」。

〔二〕扶藪，弘治本、嘉靖本、康熙本俱作「抉藪」。

虞美人草詞

骷髏起語鵋叫嘯，山精夜啼楚王廟。渡淮風雨八千人，叱咤向天成白道。身經百戰轉危亡，狼藉悲歌出漢堡。夜帳天寒抱玉泣，血變草青烟曉溼。他年避仇春草生，吳中草死無妾名。自從爲草生西楚，得到吳中猶楚舞。

劉寄奴草詞

榛中小草夏蔚薈，葉如牡艾花如毳。年少防塞得命生，出鏃肉中無粟起。向來神姦見白晝，溼竹烟青聞杵臼。英雄奮臂徵此時，唾落虛空散林藪。漢家白蛇入本紀，況是天王舊枝子。豈知苗裔在民伍，蛇鬼猶呼帝小字。

白紵歌

江頭蓬沓走吴女，浣水爲花朝浣紵。晝隨晴網曬日中，夜覆井闌飄白露。織成素雪裁稱身，夫爲吴王戍柏舉。田家歲績供布縷，獨夜詎如妾愁苦。

陌上桑

旭日曈曨〔一〕颺拂羽，落葚空條生曉霧。人生顔色逐春妍，夏葉餵蠶少絲縷。蘭膏照蠒未登簇，露溼頭梳惟水沐。卻憐隣女學鍊真，藥爐七過煮桑薪。縱逢蕭史上天去，甕盆生苔愁殺人。

校勘記

〔一〕曈曨，康熙本作「曈矇」。

折楊柳

月時折柳江頭別，春去來看柳上月。翠翎小鳥巢短枝，巢老重重編散髮〔一〕。人生貧賤多別離，巢中髮密妾髮稀。人生富貴能幾時，年年柳色青緑垂。

校勘記

〔一〕散髮，弘治本、嘉靖本、康熙本均作「敗髮」。

廢瑟詞

發埋空山販繒客，草中惟棄秦時瑟。樵夫拾置貽樂工，朱徽作絃如墨色。自從漢曲入鐃歌，清廟無人傳不得。至今崔嵬聲〔一〕已死，越底春蟲聞呪子。

校勘記

〔一〕聲，康熙本作「人」。

飛仙引遊沃州水簾谷作

赤城後門桃花尾，涇浸蘼蕪洗蒼耳。小支菩提海上來，天風吹下谷簾水。斜珠界左轉復右，華蓋縣肝三葉紫。内間肉芝承乳流，鬼母仙姝臨洗胃。蒼黿守關朝太微，色阻饞臣〔一〕誣奏事。海桑男子在謫籍，驅鹿行車閏年至。

校勘記

〔一〕饞臣，弘治本、嘉靖本、康熙本均作「讒神」。

樊夫人上昇詞

四明山樊榭，即漢劉綱與夫人樊氏上昇處。

石蠔粘窓秋見海，山雞夜啼弄毛彩。王孫吹笙導夫人，青髮凌風素霞在。雨塵離地白浩浩，河西種星榆樹老。海桑童童日出歸，衣溼上池洗頭草。

鄞女墓

綱草新垂月中露，青禽夜宿菱塘賭〔一〕。寺西幽脩雲覆土，知莖舒王下殤女。百年光塵事事新，皇子夫人墓作隣。民間厭勝祈新鬼，穉鬼久隨風雨陳。去來似爾勿復道，白下鍾山夢中老。

校勘記

〔一〕塘陼，嘉靖本作「塘渚」；康熙本有小字註：「陼」，一本作「渚」。

玉井水

玉華翳日神封井，液冷秋根洗雲影。年年天女下來觀，露溼風吹太華頂〔一〕。冰枝脱葉墜欲舞，青鳥伺枝忽銜去。夜深井氣白吐虹，井中龍子如守宫。凡人不敢飲此水，往往夢寐遊其中。

校勘記

〔一〕頂，弘治本、嘉靖本均作「項」，當誤。

鴻門讌

火雲[一]屬地汗流宇，杯影龍蛇分漢楚。楚人起舞本爲楚，中有楚人爲漢舞。鷫鵝淬光雌不語，楚國孤臣泣俘虜。他年疽背怒發此，硭碭雲歸作風雨。君看楚舞如楚何，楚舞未終聞楚歌。

校勘記

〔一〕火雲，弘治本、嘉靖本、康熙本均作「天雲」。

古別離

仙人別母母哭啼，遺以神藥乃醉之。醒來哭定記兒語，食此庭前雙橘樹。葉能禦饑病能愈，豈似當時逐兒去。隣翁有女立我前，取刀剖腹爾勿憐。但爾嫁夫能治田，生子不願生神仙。

花卿冢行

山谷云：花卿冢在丹陵之東館鎮，至今猶有英氣，血食其鄉。

溼雲模糊埋秋空，雨青沙白丹陵東。莓苔陰陰草茸茸，上聲。云是花卿古來冢。花卿舊事人所知，花卿古冢知者誰。精靈未歸白日西，廟鴉啄肉枝上啼，緜州柘黄魂正飛。

和靖墓

山中處士白麻履，死後無書獻天子。青童玄鶴晝上天，夜下玉冠莖湖水。湖堤四合葑如髮，芳樹玲瓏倚春雪。百年鳳舞雲霧空，玉碗人間出勾越。宫嵐塔雨恍如失，飛網繞湖冠聚鷁。琳宇焚芝秋寂歷，斗下無人祠太乙。

蓮葉舟

溼雲冉冉依芳芷，楚女神絃迎帝子。天人種蓮露染根，一片碧花秋墮水。笙簫聞聲影如夢，浮花漠漠船來重。神蛟蜕腸江水湄，化爲五色光陸離。

中有玉人跨蛟舞，藕根斷絲罥人衣。碧瞳秋髮眠清夜，按肌不粟清露下。

望蓬萊

青枝啼鳥波延延，方士指海談神仙。五雲垂天光燭夜〔一〕，老父相傳説車駕。千官此地佩宛宛，舟發黄門止供頓。繞檣赤日護龍旗，西北驛書馳羽箭。百年塵空滄海晚，月落無人度瀛滙。雞鳴白石爛如銀，蓬萊不見夷州遠。

晞髮集卷之三終

校勘記

〔一〕燭夜，弘治本、嘉靖本、康熙本均作「屬夜」。

晞髮集卷之四

宋　長溪謝翱　著

明　邑令張蔚然、郡人徐𤊹　訂

邑人郭鳴琳　校

七言古體下

冬青樹引別玉潛

冬青樹，山南陲，九日靈禽居上枝。知君種年星在尾，根到九泉雜〔一〕龍髓。恒星晝霣夜不見，七度山南與〔二〕鬼戰。願君此心無所移，此樹終有開花時。山南金粟見〔三〕離離，白衣人拜樹下起，靈禽啄粟枝上飛。

校勘記

〔一〕雜，嘉靖本作「護」；康熙本有小字註：「雜」一作「護」，宋詩鈔同。

〔二〕與，康熙本有小字註：「與」，一作「輿」。

〔三〕見，康熙本有小字註：「見」，一作「光」。

贈寫照唐子良

吳中衆史今代畫，不獨畫人兼畫馬。唐生家住金華雲，對予獨肯畫古人。夕陽西下東流水，紛紛古人呼不起。東都留守吳中豪，王府勳僚舊俊髦。當時氣薄陰山日，勾陳蒼蒼太白高。百年水竭海塵上，誰見凌烟拂蛛網。霜髯磔磔〔一〕開清新〔二〕，彷彿猶帶黄河冰。忽疑稍會怒色止，或可從旁窺諫紙。唐生見我淚如洗，頗憶古人今不死。俟我氣定神始閒，命筆更起唐衣冠。

校勘記

〔一〕磔磔，弘治本、嘉靖本、康熙本均作「磔磔」。

〔二〕清新，康熙本作「青新」。

種葵蒲萄下

莰葵花種蒲萄下，年年葉長見花謝。蒲萄漸密花漸遲，開時及見蒲萄垂。微風搖曳架上枝，陰雲凝碧行琉璃。天人下飲蒲萄露，花神夜泣向天訴。謝爾蒲萄數尺陰，不如寸草同此心。

送人歸烏傷

湖邊老屋墻壓籬，饑鴉啄雪枝上啼。湖中葑田産菰米，菖蒲花開照湖水。蒺藜老翁呼不起，曾入東宫教皇子。文雅風流俱掃地，瓦磚擲人老兵醉。後園小坊近市廛，借人樗蒲無税錢，君歸故里何所憐。

覓紫芝

少微昏見觜觿〔一〕中，山深夜氣光流虹。青芝獨産林下石，染根溼雲如紫漆。天門夢斷路初回，山鬼守根不敢食。銀泥徹鎖守者疲，老翁持呪取夜歸。明當食之聞鬼哭，對爾洗腸還入腹。

校勘記

〔一〕鸑鷟，底本作「鸑鸑」，据弘治本、嘉靖本、康熙本改。

雨後海棠

春光摇摇一萬里，野粉殘英空蜀水。天人愁溼紅錦窠，萬里移根淚如洗。蒼苔裹枝雪墮地，雨中聞有西南使。化爲黄鵠凌空青，開時銜花落銜子。緑章青箇下蓬萊，滯魄游魂恨未已。至今鸚鵡啼猩紅，不隨明月墮空中。

登廣靈寺塔望南高峰寺碑記太宗潛藩時事。

城池風烟杯渡僧，廣靈孤塔懸晝燈。塔燈上齊南高雲，南高峰巔祠歆神。靈旗肅肅捲青雨〔一〕，結喉巫陽能楚語。回望人烟塔峰北，惟有空城臨水滸。赤蛇不神江海飜，藪澤狐狸作巴舞。當年介弟階防禦，玉鸞青鞭上天去。

校勘記

〔一〕青雨，康熙本作「清雨」。

雪度

千山萬山雪崔嵬，欲流不流水洄洄。蟄熊出穴戌草短〔一〕，客行心急夢歸來。南園桑柘未生葉，南渡溪頭〔二〕不可涉，朝種木蘭拔爲檝。

校勘記

〔一〕出穴戌草短，弘治本作「出宂戌草短」。

〔二〕南渡溪頭，弘治本、嘉靖本、康熙本均作「南溪渡頭」。

閲方史君登行狀

九江黥王所理州，衰年杖箠作諸侯。唐人舊隱衣冠盡，歸闖宫潮不得覩。天吳舞罷塵土飛，廿載腥雲寄空殯〔一〕。當年電隙豈所問，生死身名惟轉瞬。睦人共説方饒州，番人作廟祠唐震。

校勘記

〔一〕廿，弘治本、嘉靖本、康熙本均旁註小字「音入」。腥雲，康熙本作「猩雲」；空殯，康熙本作「歸殯」；另有小字註：「猩」，坊本作「腥」；「歸」，坊本作「空」。

食薺歌送別方安道

山中薺發燒餘地，與君爲客同食薺。薺長故居〔二〕收燼餘，君歸食薺如食荼。我家甌越草應出，土滏烟青歸不得。相逢舉酒復爲别，對君盤中不忍食。

校勘記

〔一〕故居，弘治本、嘉靖本、康熙均作「故君」。

夜宿南明縣齋

朝陰扣舷清㓨曲，暝投天姥峰前宿。桂蟲食葉露溼身，影落莓苔雲矗矗。天風吹枝斷未殊，夢尋香靄〔一〕來絳車。下車者誰藏姓氏，夜向瓊臺讀諸子。覺來隱隱聲在耳，月白〔二〕西南望爲水。

校勘記

〔一〕香靄，弘治本、嘉靖本、康熙本均作「杳靄」。

〔二〕月白，康熙本作「月向」。

書畫梅花水仙卷

風吹𧀮露明微照，芳雲弱植仙姝廟。髾鬟零亂在枕函，月裏羅浮夢中到。鮫綃拂塵蟬翼隔，窓露〔一〕凝寒惟影入。曉來坐對殘空標，翠翎不見額黃濕。

校勘記

〔一〕露，弘治本、嘉靖本、康熙本均作「霧」。

小元祐歌寄劉君鼎

前甲子，小元祐，句章祲黑權臣死。端平天子初改紀，襲芳泰陵種蘭芷。當秋淮甸枯草黄，彎弧北向射天狼。狐南星光天狗墮，入蔡生擒完顔王。是年南渡〔一〕無波浪，月溼珠胎君以降。只今六十空白頭，獨騎麒麟補春秋。天回星周美惡復，人世更傳蔡州録。

校勘記

〔一〕南渡，弘治本、嘉靖本、康熙本均作「南海」。

句章見月食

縠州見月如魚口，沫聚痕銷暗牕牖。鄞城見月如破臼，棄藥含垢〔一〕掛南斗。龍蛇伏氣諸腦空，水中睡失群陰母。其間夜禽〔二〕獨夜啼，黑雲赴海同奔犀。市人識母不識父，擊柝〔三〕擢扉救月死。況值蕤賓月十五，干神附甲支在子。孤子哀吟離楚尾，淚落荒江吊南紀。猶憶秦淮哭日年，不敢仰視看盆水。

校勘記

〔一〕含垢，底本此處作「含□」，弘治本此處爲含（墨釘），嘉靖本作「含垢」，康熙本作「含垢」，據康熙本改。

〔二〕夜禽，弘治本、嘉靖本、康熙本均作「海禽」。

〔三〕析，弘治本、嘉靖本、康熙本均作「拆」，當誤。

避暑城西觀吳道子畫老君像

涇烟掛龍天海頭，角城溽暑如炎州。白氛翳景失樓閣，蓬萊縹緲不可求。解衣揮麈子城下，地湧青蓮隣古社。卷簾看畫人猶龍，矯首見龍還見畫。碧幢畫髮〔一〕垂過耳，弄筆者誰吳氏子。

校勘記

〔一〕畫髮，弘治本、嘉靖本、康熙本均作「髮雪」，當從之。

趙安夫〔一〕北遊求詩安夫韶王孫作詩送之

海雲抱漚海水熱，道路征人裹冰雪。憐君獨作千里〔二〕遊，兩把〔三〕蓮莖手中別。蓮莖刺多蓮葉溼，黐爲君衣覆爲笠。汴南淮北多故人，馬上相逢淚相揖。故園萋萋長草根，遲君歸來洗雨痕。青鞭碧影角湖曲，芳夢猶到韶王孫。

校勘記

〔一〕安夫，弘治本、嘉靖本、康熙本均作「安天」。下「安夫」同。

〔二〕千里，弘治本、嘉靖本、康熙本均作「萬里」。

〔三〕兩把，弘治本、嘉靖本、康熙本均作「雨把」。

逃暑崇法寺

城南古寺涼生處，草色遥連孝子墓。棊局雨生苔蘚文，袈裟晴挂芭蕉樹。自昔闍黎脩白業，會君〔一〕惟與舒王接。只今塵土影堂空，石上猶鐫麻紙帖。

校勘記

〔一〕會君，弘治本、嘉靖本、康熙本均作「會公」。

寶幢山尋黄提刑震舊避地處

甬東寺裏逢陳若，雙袖龍鍾行帶索。問知黄公舊避逃，寶幢山下生叢薄〔一〕。日惟一食禱仙靈，不願拾得不死藥。仰天呼號得正終，一往不復至城郭。公初著書女立旁，公死母亡家濩落。予爲户曹取公女，欲敘因由無與語。得來與子行〔二〕林莽，月落山空識其處。

校勘記

〔一〕生叢薄，弘治本、嘉靖本、康熙本均作「坐叢簿」。

〔二〕行，康熙本作「雲」，另有小字註：「雲」，坊本作「行」。

城西廢園

水流向西〔一〕雨連越，鄰瓦耕殘莎草茁。誰知當日夫容園，濘路迷城暗車轍。夫容青根聯戚里，美人對博蓬山裏。潮痕欲上紅露晞，知是日高梳洗起。國南〔二〕禁絶人行道，中有民間舊宿草。廢園起垡鳴竊脂，寒食〔三〕始應通祭掃。

校勘記

〔一〕水流向西，弘治本、嘉靖本、康熙本均作「水門夾西」。

〔二〕國南，弘治本、嘉靖本、康熙本均作「園南」。

〔三〕寒食，康熙本作「寒日」。

故園秋日曲四首

空園久閉無人住，城烏應入巢其樹。食盡滿園緑荔枝，引雛飛去人始知。

茅茨竹外烟火青〔一〕，杉雞啁哳〔二〕向田鳴。家家紅鹽殷新杵，緑樹裏創子如雨。

龍蛇已去荒窟宅〔三〕，黐藕人人下劍池。岸池藕盡無浮葉，惟有青青榕樹枝。

越王山下霧如雨〔四〕，吹入羅襟楚女啼。身逐千艘落南去，惟有檣烏〔五〕飛向西。

校勘記

〔一〕此首康熙本題作「故園曲之二」。

〔二〕啁哳，弘治本、嘉靖本、康熙本均作「啁啪」。

〔三〕此首康熙本題作「故園曲之三」。

〔四〕此首康熙本題作「故園曲之四」。越王山，弘治本、嘉靖本、康熙本均作「粵王山」。

〔五〕檣烏，弘治本、嘉靖本、康熙本均作「檣烏」。

有洗舊誥綾作青色鬻將以爲緣以紺繒易得之作手卷賦小樂章求好事書其後

吳宮輦路傷行客，繭冰壓雲凝碧〔一〕色。門前新掃染家隣，借人鋪設殘衣帛。宮〔二〕花剪綾連院號，覆取瓢看成一道。織紋宛轉勅字新，知是初誰六尺誥。城霞失彩宮蘚病，中與海圖上衣領。改顔倖售緣所遭，褪藥玄香洗藍影。青綢易得淚承睫，擊筑楚歌無故業。歌殘求書好事人，異代倘傳誥綾帖。

校勘記

〔一〕碧，弘治本爲墨釘；康熙本有小字註：「碧」，坊本作「曉」。

〔二〕宮，弘治本作「官」；康熙本有小字註：「宮」，舊本多作「官」。

廣惜往日

崇真院絶粒示兒，宋禮部侍郎謝枋得所作也。粤人謝翱用其語，爲楚歌以節之。其詞曰：

漢有臣兮龔勝卒，噤不食兮十四日。今忍饑兮我復渴，道間關兮踰半月。幸求死兮得死，苟不得兮無術。鳳笙兮龍笛，燕群仙兮日將夕，風吹衣兮珮蕭瑟。駿龍兮寥天，行成兮緣畢。

崇真院絶粒偶書付兒熙之定之〔一〕

謝枋得

西漢有臣龔勝卒，閉口不食十四日。我今半月忍渴饑，求死不死更無術。精神常與天往來，不知飲食爲何物。若非功行積未成，便是業債償未畢。太清群仙宴會多，鳳蕭龍笛鳴瑶瑟。豈無道兄相提携，騎龍直上寥天一。

校勘記

〔一〕謝枋得此詩，弘治本、嘉靖本、康熙本均未收録。

佽飛廟迎神引

劍歌兮擊筑，芰青兮寥緑〔一〕，夕濟甬兮沉玉。步巫兮禹孫，葺神藩兮楚軍，神之乘兮海雲。噀芳兮越呪，斬將兮神祐。秋零露兮爲湑〔二〕，春集鴉兮神語。風瀟瀟兮滿旗，雲之車兮來思。

校勘記

〔一〕寥緑，嘉靖本、康熙本作「蓼緑」，弘治本作「蓼縷」。

〔二〕湑，嘉靖本、康熙本作「醑」。

送袁大初歸剡原袁來杭宿傳法寺寺在德壽宮北今行路及園即宮舊址

大雷山下鄞江口，石溼落星海涵斗。莓苔瑣窗居鬼神，散髮天衣夜行酒。百年綺語墮凡塵，劉公不還謝公走。祇今零落三秋霜，猶説先朝人物藪。道逢袁家美年少，欲挽吳潮歸兩袖。自言學出戴君門，又説舒君忘年友。舒君白頭爪塵垢，戴君業成衣露肘。君來何處覓知音，吊古凄凉無老叟。出門擇語歸計餐，顧忌慚皇無不有。不如歸食空江槎，初生淡菜如珠母。風帆送客來夷洲，白帢青衫談不朽。君不見，君今宿寺多鄞僧，耆舊能言幾人在。隔墻食柏秋麝過，廢石坡陁舊南内。

雜言送鄭主簿炎之官昌化

鄭嘗兩請福州文解，皆爲詞賦第一。

劉先生，名肩吾，閩中詞賦天下無。當年戰藝誇顏色，進士出生兩回得。盧公里人正在朝，相見相逢九官宅。余時猶弱起慨慷，謂此未足榮其鄉。丈夫事業在簡册，要令姓字〔一〕留耿光。繼聞鄭君年最少，人物氣象猶堂堂。白鹿山南介公後，禽蛟兩祭獅子王。夢魂欲見無由據，側荔芭蕉春復暮。時移乃爾來霅間，因作廣文求主簿。顧予多病澁語言，面垢毛焦着麻布。山中乞食城中歸，徵詩送贈非所宜。已聞之戍嚮昌化，此地人傳多畏怕。龍居嗜燕烟入巢，病甲垂櫚腥雨下。又聞山鬼吹夜燈〔二〕，來向人家避官舍。君持何術徑往居此無百憂，便將天雷斧柄塞鬼穴。巫山銕鎖沈龍湫，秪足自亂不得休。豈知從心致禱動幽隱，使龍無嗜鬼無愁。不知君能致此否，龍不須酹以酒，鬼不須祭以肉。秋旗卷雨曉案烟，時向縣齋望天目。一作「龍不須鍼以砭〔三〕」。

校勘記

〔一〕姓字，康熙本作「姓氏」。

〔二〕吹夜燈，弘治本、嘉靖本、康熙本均作「吹燈夜」。

〔三〕以砭，嘉靖本作「以從」。

懷鄧牧〔一〕

謝豹花開桑葉齊，戴勝芊生藥草肥，九鎖山人歸未歸。

校勘記

〔一〕此詩，弘治本、嘉靖本、康熙本皆未收。

晞髮集卷之四終

晞髮集卷之五

宋 長溪謝翺 著
明 邑令張蔚然、郡人徐燉 訂
邑人郭鳴琳 校

五言近體

感舊二首〔一〕

南鴈去來盡，音書不可憑。應過蠻嶺嶂〔二〕，聞拊楚臣膺。滄海沈秦璧，愁雲起舜陵。可堪夢魂在，回首舊觚陵〔三〕。

月離孤嶂雨〔四〕，尋夢下山川。野冢埋鸜鵒，殘碑哭杜鵑。妓收中使客，民買内醫田。到此聞隣笛，離情重惘然。

校勘記

〔一〕弘治本無題名；嘉靖本題作「二首」；康熙本題作「近體二首」。

〔二〕嶺嶂，康熙本作「嶺瘴」。

〔三〕觚陵，弘治本、嘉靖本均作「孤稜」。康熙本有小字註：「觚」，刻本俱作「孤」。

〔四〕此首，康熙本題作「其二」。

雨中感懷

幽齋蒲稗裏，夜色入柴荊。坐久雨聲絶，水深荷刺生。聽猿思楚宿，失鶴夢南征。白屋青山下，何年返舊耕。

桐華

隨風泊釣楂，弄日色侵霞。燒地不鋤草，荒池落〔一〕漚麻。偶尋僧坐石，見落鳥銜花。餳粥〔二〕春寒後，多逢楝〔三〕樹家。

校勘記

〔一〕落，弘治本、嘉靖本、康熙本均作「舊」。

〔二〕餳粥，弘治本、康熙本作「錫粥」；康熙本另有小字註：「錫」，一本作「餳」。

〔三〕楝，康熙本有小字註：「楝」，刻本俱作「棟」。

寒食同方行父明中徃淥[一]渚舟中作寄東安方子仁

自食嶼雲薇，閒居[二]白接䍦。謁靈隨社到，爲客寄音遲。瓢入新城水，舟回故渚祠。南衣離火浣，垢敝禁烟時。

校勘記

〔一〕淥，康熙本作「緑」，另有小字註：「緑」，坊本作「淥」。

〔二〕閒居，弘治本、嘉靖本、康熙本均作「聞君」。

答烟蘿隱者

月落烟霧動，遥知夜不眠。紫苔生水底，白髮坐巖前。野鶴下窺影，山人疑問年。微吟度小刦，勞贈遠遊篇。

送人還蜀[一]

白髮夢鄉國，君歸路不迷。湫槎秋見草，荒棧夜聞雞。月過秦涼北，星深河漢西。何因到郤返，吳語話分攜。

校勘記

〔一〕還蜀，康熙本作「歸蜀」，另有小字註：「歸」，刻本作「還」。

憶梁禮部椅

閒庭芳桂叢，相憶曙雲空。文字能娛老，莓苔此興同。青山明月下，家口少微東。歲晚西庄路，柴門語自工。

拜玄英先生畫像

來此得公真，塵埃避隱淪。水生溪榜夕，苔卧野衣春。雨冢侵吳甸，荒祠侑漢人。微吟值衰世，爲爾獨傷神。

哭正節徐先生

凄凉携子女，冠佩赴重陰。塌井千年事，青天此夜深。哀辭山石刻，郵典海舟沉。里族南薰夢，東都直至今。

送汪十

多年隱賣漿，此去結山房。掃菌侵花落，種松如草長。老期秋欲至，貧味水初嘗。歲晚逢樵獵，音書定不忘。

槿樹

白犬吠行人，西風杵臼新。洗香澄宿水，曝髮向秋隣。野水〔一〕依溝盡，宮花入帽頻。人家小門徑，憐爾獨相親。

校勘記

〔一〕弘治本「水」字處爲墨釘；康熙本「野水」作「野草」。

悼南上人

䋖經卷未終〔一〕，聞打寂時鍾。盡説他身在，惟應外國逢。錫聲歸後夜，琴意滿諸峰。憶昨安〔二〕禪處，湖雲起白龍。

校勘記

〔一〕經，弘治本、康熙本作「紅」。

〔二〕安，康熙本有小字註：「安」，宋詩鈔作「夜」。

元日讀老子望瀑作

空山無轍迹，懸水下分洪。醉醒聽猶在，寒暄色不同。異書天姥秘，靈物乳池空。秖憶殘年雨，先流到海中。

雨中觀海棠

風吹簾網動，對爾惜芳菲。蜀雨何人在，吳宮秪燕歸。燭消春粉盡，淚溼野香微。抱蘤殘青子，鳥銜隨處飛。

哭所知

總戎臨百粵，花鳥瘴江村。落日失滄海，寒風上薊門。雨青餘化血，林黑見歸魂。欲哭山陽笛，隣人亦不存。

二月十日

山居少四隣，樹葉半爲薪。野色生遥念，空江滯此身。風濤春憶越，親舊晚遊秦。獨擬尋雞犬，雲蘿挂葛巾。

九日韶卿子善有約不至子靜亦歸桐廬與景雲飲瀑下〔一〕

挼藍染釣緡，欲老此江濱。九日寒泉水，他年白髮身。隣州曾約客，別業未歸人。嗅菊知吾事，那能更問津。

校勘記

〔一〕瀑下，弘治本、嘉靖本、康熙本均作「瀑下作」。

呈王尚書應麟

寒風吹髩影，客淚溼衣塵。千里見積水，滿城無故人。船歌甌雪盡，劍舞越花新。獨憶絲綸老，相從話所親。

山陰道中呈鄭正樸翁

字宗仁，號初心，溫州平陽人，太學釋褐出身，仕至國子正。

楊柳遠天色，野風來水涯。異鄉同夢客，今雨故人家。越樹夜啼鳥，禹陵冬落花。悠悠江海意，爲爾髩先華。

送毛耳翁之湘南

湘草碧於水，王孫尚此留。一身行萬里，雙鬓集諸愁。月落嶽雲曙，龍逃海雨秋。可能無事業，相見竟悠悠。

寒食姑蘇道中

頻年感烟草，荒塚幾人耕。吳楚逢寒食，山村見獨行。天陰月不死，江晚汐徐生。到海征帆影，悠悠識此情。

別子靜却送之霅

獨往知吾事，語離何所求。故家無別業，殘夢下扁舟。積葉吳宮冷，吟猿顧渚秋。那能不相待，羈旅負清遊。

秋日憶過秦國公主園

野影林樫盡，山昏瓦塔齊。涼宵風雨過，一鴈西南啼。嵐霧洗巾帨，井泉生蒺藜。傷心拂塵塵，衣淚溼空綈。

送道士歸赤松

閒身可得仙，諸妄覺他年。夜氣浮秋井，陰花冷碧田。禮星逢鶴下，呪食待人眠。叩齒通懸解，祠堂山影邊。

送僧之天台

石橋南北路，師到動經旬。尊者定中影，凡人回去身。戴經支錫重，作禮納巾頻。杯海歸何日，長眉聞〔一〕四隣。

校勘記

〔一〕聞，弘治本、嘉靖本、康熙本均作「問」。

雪水

寒英漲碧沉，浴鵠冷難禁。太白消秦日，中濡接蜀陰。頻湯清洗瘴，入茗味如參。人世淄澠口，應疑别未深。

用韻酧友人憶寄

麻衣拂市塵，外事不干貧〔一〕。野氣生塞井，天陰壓莫春。閒身分楚鞠，白髮作吳人。已斸蘼蕪徑，青鞋憶寄頻。

校勘記

〔一〕干貧，弘治本作「千貧」，誤。

鼓子花

塵滏西風淚，溝西影見君。碧衣羞遠日，天夢冷秋雲。蔓引山精徑，籬依[一]楚女墳。海邊逢賣藥，采實故應分。

校勘記

〔一〕依，康熙本作「衣」。

哭肯齋李先生芾。

落日夢江海，呼天野水涯。百年惟此死，孤劍託全家。血染楚花碧，魂歸蜀日斜。能令感恩者，狼籍慰荒遐。

八詠樓

江山此愁絶，寒角夢中吹。飛鳥過帆影，游塵空戟枝。水交明月動，槎泭故州[一]移。已薄齊梁士，猶吟沈約詩。

校勘記

〔一〕州，嘉靖本作「洲」。

至日憶山中客

山村雲外物〔一〕，至朔閏年愁。獨客語茅屋，樵人共白頭。驛花殘楚水，烽火到交州。欲隱裂裳帛，春來重結裘。

校勘記

〔一〕雲外物，弘治本、嘉靖本、康熙本均作「雲物外」。

懷峩眉家先生

露下溼百草，病思生積愁。窟泉春洗屐，氈雪暮過樓。魂夢來巴峽，衣冠老代州。平生仗忠信[一]，心自與身仇。

校勘記

〔一〕忠信，康熙本作「忠義」，另有小字註：「義」，坊本作「信」，宋詩鈔同。

哭廣信謝公

自爾逃名姓，終喪哭水濱。海僧疑見貌，山鬼舊爲隣。客死留衣物，囊空出告身。他年越鄉值，賣卜有斯人。

雨夜呈韶卿

相看隴水雲，一夕幾回分。預恐今宵雨，他年獨自聞。野花同楚越，江靄雜朝曛。不得鋤芝朮，逢樵却寄君。

莫春感興

天涯芳草夢，此意未應泯。獨對风烟老，虛爲江海人。漁樵分落日，櫻笋過殘春。舉世無知己，他生應逐臣。

山寺送翁景芳歸覲

弱雲竹水湄，葉影碧離離。野别如秋夢，他宵獨爾思。林殘西域果，鐘〔一〕動下方棊。可得朝還暮，相看長在兹。

校勘記

〔一〕鐘，弘治本、嘉靖本、康熙本均作「鍾」。

寄朱仁中

聞君經亂後，居處畏山顛。家在聚如客，糧餘食帶烟。戍鴉分落日，燒草共殘年。因憶先丘隴，于今是極邊。

遊釣臺

古臺臨釣渚，遺像在蒼烟。有客隨槎到，無僧依樹禪。風塵侵祭器，樵獵避兵船。應有前朝蹟，看碑數漢年。

西臺哭所思

殘年哭知己，白日下荒臺。淚落吳江水，隨潮到海回。故衣猶染碧，后土〔一〕不憐才。未老山中客，惟應賦八哀。

校勘記

〔一〕后土，康熙本有小字註：「土」，宋詩鈔作「上」。

江上別友

相看仍慟哭，欲學晉諸賢。戍近風鳴柝，江空雨送船。翔雲侵別色，南雪憶歸年。擬共鋤青朮，無爲俗事牽。

題翁徵君集後

樵獵識冠裳，何言志四方。離秦風日冷〔一〕，過楚薜蘿長。野夢違徵詔，衰年枉薦章。故山唐室晚，應種朮爲糧。

校勘記

〔一〕冷，弘治本、嘉靖本作「泠」。

除夜聞雷

牢落長爲客，殘年獨擁衾。燈分寒夜火，雨過震餘陰。搗藥滋玄髮，書符厭黑祲。相看故鄉淚，不敢效吳音。

元日枕流亭聽雨

征鐸殘年雨，吟聽憶到城。愁雲侵歙盡，夢日向吳生。藥産難離性，灘流不掩聲。他宵樺燭飲，因想此中行。

春日寄書代鄉人答

滄江失釣緡，白社苦吟身。風雨他年别，干戈舊國貧。春祠占遠夢，臘市憶行人。故壘夫差地，遥知哭爲親。

人日雪

連年逢此日，寂寞在山居。故國雲歸盡，高杉雪下初。陰霾占户口，雷電失天書。可得俱無事，清吟始晏如。

早春寄嶺海流人

短褐隨南賈，衰年異壯遊。龍旂虚左个〔一〕，鴻影别中州。晚避高麗使，春乘百濟舟。王孫與芳草，相憶可能留。

校勘記

〔一〕左个，弘治本、嘉靖本作「左箇」。

過孫君文舊避地處

相逢還自失，相見盡天涯。隣壤初移戍，空山此寄家。剪茸春過鹿，伐竹舊燒畬。去後餘荒槿，依溝結影桐廬志作「結屋」。〔二〕斜。

校勘記

〔一〕弘治本「影」字處爲墨釘。弘治本、嘉靖本、康熙本均無小字註。

春日遲子芳遊烏龍山

烏龍烟靄北，君去爲親留。綵舞初離席，音書缺寄郵。雨登人日冢，槎別客星洲。應有他宵約，相從及此遊。

春和〔一〕毛益亂後經太白墳

遙知風雨後，明月溼江蘺。幾處如寒食，荒流空莫思。雨耕侵壞塚，春綱得沉碑。若起論茲世，先生何所爲。

校勘記

〔一〕春和，弘治本、嘉靖本、康熙本均作「奉和」。

憶過徐偃王祠下作

徐王遺蹟地，花落舊巖阿。山鬼下茅屋，野雞啼苧蘿。别祠江路見，疑冢草間多。寒食思家客，空村記〔一〕所過。

校勘記

〔一〕記，康熙本作「紀」。

山驛送春

逢春憶舊時，愛着舊春衣。雨別如知處，天涯應共歸。驛花留客盡，帆日聚鴉微。歲歲子規鳥，寄巢於此飛。

蜂

蛹黑春如翳，寒崖舉族懸。撲香粘絮落，采汗近僧檡。聚暗移花幄，分喧割蜜烟。閒房無處着，應架井泉邊。

僧池青蛙

隱見多無定，時開一道萍。瘦分荷背白，身帶蘚文青。吐雹收寒井，隨僧入淨瓶。栢壇祠后稷，應想作龍靈。

夜宿江山寺

寺圖接異境，僧影溼香烟。落月安禪處，翻身〔一〕置縣年。天河當夏白，泉水入杉懸。到此懷甌越，空家寄海邊。宋藝圃集「翻身」作「翻經」。

校勘記

〔一〕弘治本、嘉靖本、康熙本「翻身」均作「翻經」，均未收小字註。

雪榻瀑布

漱石清塵暑，雲深畏解携。寒巖蕭寺下，縣水薜陰西。鳥浴〔一〕溼棲樹，花流晴下溪。謫龍聞呪起，奇服反初笄。

校勘記

〔一〕鳥浴，康熙本作「鳥落」。

虎石

寺深留片石，山雨長苔新。昔日栖禪處，遺風想至人。錫前行虎獨，鐘後到猿頻。越客因逃暑，於兹喜掛巾。

寺南小池

寺南疏小沼，堤隱獺行踪。杉影動寒水，夕陽藏半峰。清涵落鳥毳，寒怯病僧容。聞説初開日，鉢盂盛養龍。

夏夜山房會〔一〕賦得竹禽

入竹雲初翳，餘更警露禽。羃雌迷故侣，凉意滿西林。雨宿移枝暗，明翻下籜深。微吟觸幽興，離思不能任。

校勘記

〔一〕會，弘治本、嘉靖本、康熙本均作「會宿」。

芭蕉雨

吳楚燈前侶，芭蕉海上身。涼宵知過雨，病葉與羇人。白屋愁看晚〔一〕，滄州宿語貧。西南多苦竹，應與越禽隣〔二〕。

校勘記

〔一〕看晚，弘治本、嘉靖本、康熙本均作「看曉」。

〔二〕隣，弘治本、嘉靖本均作「憐」。

中秋龍井翫月

逢秋月再圓，不與復休眠。腦蒲龍魚夜〔一〕，精藏樹石年。嗅衣腥在水，窺户影疑禪。長嘯望參伐，行來精舍邊。

校勘記

〔一〕腦蒲龍魚夜，弘治本、嘉靖本、康熙本均作「腦滿魚龍夜」。

夜坐呈韶卿

脩行吳楚間，鶴去杳難攀。衰世已如此，愁身更入山。巢居避太歲，藥飯救羸顔。故友在江海，相思不得還。

韶卿往烏傷〔一〕寄劉元益

他日憶逢君，林中訪惠勤。鹿麛行處見，流水别時聞。草没秦人冢，山通越國雲。音書年歲失，莫訝白鷗群。

校勘記

〔一〕弘治本「傷」字處爲墨釘。康熙本有小字註：「傷」，坊本作「鎮」。

寄贈王僉判龍澤新之官廣陵

多君孝子里，雲物尚依然。歲晏木葉下，月明湖水邊。看圖〔一〕須女分，對策亮陰年。到此若爲別，猶言贈馬鞭。

校勘記

〔一〕看圖，康熙本作「有圖」。

十日菊寄所思

離菊是秋隣，青蘺幾日新。忽逢初過節，相憶早衰人。囊枕離湘溼，分盃度嶺貧。想應無事業，遥念更沾巾。

己丑除夜

髩絲殘雪影，况復在塵埃。暮色隨鐘盡，年光逐水來。隣逋燈下索，鄉夢戍邊回。明日聽春雨，渡江登越臺。

元日立春

椒柏多年樹，閒庭憶粤鄉。發春當獻歲，爲客未休糧。飲後憐衰齒，行南避忌方。星周元朔曆，時運可能忘。

寄育王賢上人〔一〕

予今〔二〕秖老身，從昔少埃塵。失蜀年爲客，居山石作隣。南遊宗竺法，西語問巴人。開户藤花落，多浮茗椀春。

校勘記

〔一〕王賢上人，嘉靖本作「上賢上人」。

〔二〕予今，弘治本、嘉靖本、康熙本均作「于今」。

海亭夜坐

孤身滯海垠，暑溽上南雲。歸日喜秋近，愁人畏夜分。坐凉依井氣，眠涇動星文。故友在山北，音書不得聞。

魯國圖詩拜序〔一〕

翺嘗乘舟〔二〕至鄞，望海上島無數，其民多卉服。過蛟門，登候潮山，被髮楚歌，歌罷，輟復哭，思夫子「浮海居夷」之義。至定海學，故石刻盡仆泥滓〔三〕中，新刻復闒茸，即〔四〕怏怏，乃汲水洗故刻，得紹興間邑令趙所傳魯圖，自云：「齊梁父諸山川，至洙泗間，巷、里、廟、社、井、墓，歷歷如指諸掌。」遂摹其本歸。過浦汭，方君景山與括人吴思齊，率其徒爲講經社，得思陵所贊夫子像，揭于庭，朔望拜，進退興俯殊習，乞翺所摹圖與像對。翺喜而歸之，且書其後，爲之詩曰：

秋風嶽下城，海客見圖新。樹入舞雩里，水來浮磬濱。東封餘輦路，西狩問虞廷〔五〕。被髮逢夫子，狂歌作放民。

校勘記

〔一〕拜序，弘治本、嘉靖本、康熙本均作「并序」。
〔二〕乗舟，康熙本作「舟遊」，另有小字註：「舟遊」，坊本作「乘舟」，宋詩鈔同。
〔三〕泥滓，弘治本、嘉靖本、康熙本均作「泥淖」。
〔四〕即，弘治本、嘉靖本、康熙本均作「讀即」。
〔五〕虞廷，弘治本、嘉靖本、康熙本均作「虞人」。

智者寺見金華府志增入。〔一〕

流水北山北，芙蓉峰影長。看花春到寺，數竹午過廊。匡石侵衣碧，山雲沐髮香。老僧呈佛骨，見畢下胡床。

校勘記

〔一〕弘治本、嘉靖本、康熙本均未收此詩。

晞髮集卷之五終

晞髮集卷之六

宋　長溪謝翺　著
明　邑令張蔚然、郡人徐𤊹　訂
邑人郭鳴琳　校

五言排律

雨宿太白有皁陵書「太白名山」賜僧了朴。

城中家斧冰，此地絶炎蒸。天食青童捧，龍居白氣升。暗燈猶宿火，寢服尚衷繒。客話從前事，書傳入内僧。風流今獨盡，雲物老相仍。净榻搜凉卧，危闌入醉凭。雨師行下界，鳥夢識中乘。明發甬南去，他山逢智弘。

中秋憶山中人

茲夕發清嘯，爲君楚舞終。西風五陵夢，涼露九霄中。野邏烟常起，溪流榜不通。天陰無乳兔，林盡見飛鴻。溼溼雲垂髮，丸丸樹偃弓。劍歌玄武莫，麈語白鷗空。秪有淮南淚，應沾青桂叢。

仙華山招隱

黄帝女昇仙處，山下有昭陵祠，獻陵賜額猶在。

軒后悲蒼劍，神娥下玉簫。攀髯初失夢，遺蜕上淩敲〔一〕。碧墮升棺影，青分産柱苗。山精依鹿竹，天雨溼雞翹。有約成孤憤，無人重久要〔二〕。豢龍因姓氏，使鶴語軒軺。冉冉將終老，冥冥不可招。無書寄青雀，有恨在中條。

校勘記

〔一〕上淩敲，弘治本、嘉靖本、康熙本均作「尚淩歊」。淩歊臺，在安徽。李白有淩歊臺詩。

〔二〕久要，康熙本作「九要」。

野霞觀瀑

他年疏上浮，早日此中投。汲飲當魚入，垂輪即虮遊。净祠無血食，嘹雨不腥流。僧語皆前事，人來盡别州。草諳長過雪，沙犯欲捐湫。至竟何依止，蒼茫難禱求。

採藥候潮山宿山頂精藍夜中望海

蛟門南去鳥，此地望迢迢。積溼侵幡黑，生寒入夢飄。見燈歸舶夜，聞偈解衣朝。土植皆爲藥，山枝不滿樵。暗光珠母徙，秋影石花消。擬候槎回漢，寧甘客老遼。却尋徐福島，因問秦皇橋。於彼看日出，羽旌〔一〕焉可招。

校勘記

〔一〕羽旌，康熙本作「羽族」，并有小字註：「族」，坊本作「旌」。

夜宿雪竇上方師竇師，剡人，住邊支道林買山隱處。〔一〕

眠山枕斧柯，獨客愛盤阿。畏日生塵夢，尋仙到鳥窠。下方聞夕磬，南斗挂秋河。寢服侵雲卷，頮泉通瀑和。竇分滄海月，禪入沃洲歌。此地精靈聚，中宵弄薜蘿。

校勘記

〔一〕師竇師，弘治本、嘉靖本、康熙本均作「雪竇師」。

晞髮集卷之六終

晞髮集卷之七

宋 長溪謝翱 著
明 邑令張蔚然、郡人徐𤊹 訂
邑人郭鳴琳 校

七言絶句

島上曲二首

皮帶墨鱗身卉衣，晚隨鬼渡水燈微。石門犬吠聞人語，知在海南種蛤歸。

夫招賈客歲經遼，自到城中賣織綃。却買鉛華采珠母，檳榔露下月中調。

俠客吳歌立秋日海上作

潮動秋風吹牡荊，離歌入夜斗西傾。佽飛廟〔一〕下蛇含草，青拭吳鈎入匣鳴。

校勘記

〔一〕佽飛廟，弘治本、嘉靖本均作「佀飛廟」。

小華陽亭

勾越山中長木蓮，華陽仙女此餐烟。松花飄落無尋處，都在徐君劍樹邊。

過臨安故宮見西湖志增入。〔一〕

複道垂楊草復交〔二〕，武陵〔三〕無樹着凌霄。野猿引子閒來往〔四〕，覆盡花間〔五〕翡翠巢。

隔江風雨動諸陵，無主園池草自春。聞説就中誰最泣，女冠猶有舊宮人。

禾黍何人爲守閽〔六〕，落花臺殿總〔七〕消魂。朝元閣下歸來燕，不是〔八〕前頭鸚鵡言。

紫冥宮殿燕流霞〔九〕，今日淒涼佛子家。寒照〔一〇〕下山花霧散，萬年枝上挂袈裟。

校勘記

〔一〕康熙本收録於晞髮遺集卷之上近藁雜詩，編排次序略有不同，依次爲禾黍、紫冥、複道、隔江。并依次題爲：過杭州故宫二首、重過二首。

〔二〕是首與其下一首，康熙本作重過二首，列過杭州故宫二首之後。復交，康熙本作「欲交」。

〔三〕武陵，康熙本作「武林」。

〔四〕閒來往，康熙本作「移來住」。

〔五〕花間，康熙本作「花枝」。

〔六〕是首與下一首，康熙本作過杭州故宫二首。

〔七〕總，康熙本作「暗」。

〔八〕不是，康熙本作「不見」。

〔九〕紫冥宫殿燕流霞，康熙本作「紫雲樓閣讌流霞」。

〔一〇〕寒照，康熙本作「殘照」。

雨中怨

妾在江南家楚中〔一〕，憶君月落雨聲空。夜來入夢君無語，落月同看雨不同。

校勘記

〔一〕楚中，弘治本、嘉靖本、康熙本均作「楚東」。

晞髮集卷之七終

晞髮集卷之八

宋　長溪謝翺　著
明　邑令張蔚然、郡人徐𤊹　訂
邑人郭鳴琳　校

文

游仙華巖麓記

由月泉至仙華巖麓十五里，至巖二十里，蓋予〔一〕向所記若芝掌擎空而立者。故老相傳，以爲下有穴與鼎湖通。嘗秋夜聞水樂及擊石聲，月高風遠，復不知墮在何處。將至二三里，有山類藥壺倚巖側，雲嵐草木相掩映，日東影射其上，遠望氤氳，若丹光浮動，疑是中别有一天地也。巖之麓，曰鄭村者，友人方君韶卿廬焉，地馨芳草，蘭、梅、辛夷、山礬。俗呼山礬「鄧花」，鄧與「鄭」音相近，故以名村。環左右無他族〔二〕，皆依巖作屋，互向背。巖爲黄帝少女脩真之地，垂四千年，始民築祠其上，以雨暘禱，輒應。有欲移祠于麓以便民禱者，一夕，風雨大作，飄盂爐、幡幢所欲移處，瓦、木、石隨晦冥雲霧飛空下，跕跕有聲。今祠有茂陵旌額，信不誣也。祠之南二百步，皆古木襍藤，棲烟霏霞，鶩風颯立〔三〕，皆五色分散，獨被髮如人立。又有藤結子若〔四〕蓮房，纍纍而下，益蒼碧可愛。行且倦，憇古道觀中，夢青衣掖一老人至，與予言海上方及導引事甚悉，且曰：「穹壤間，無愚聾、仙人，凡知古今不爲所縛，翛然塵外者，皆得仙。子欲以人世仙乎？後二年日浴，見我扶桑東。」言訖，乃寤。有鳥自西南來，緑衣紅距，止藤上，回翔審顧，若欲有言於臆者。方君謂予：「子其訊焉以記。」觀之，老道士年九十餘，言嘗於海上見之，今四百甲子矣。蓋么[五]鳳云。是爲記。

校勘記

〔一〕予，弘治本、嘉靖本、康熙本均作「余」，後同。

〔二〕他族，弘治本、嘉靖本作「它族」。

〔三〕颯立，弘治本、嘉靖本、康熙本均作「颯至」。

〔四〕若，底本作「苦」，據弘治本、嘉靖本、康熙本改。

〔五〕康熙本有小字註：「么」，舊本俱作「公」。

自巖麓尋泉至三石洞記

至巖麓止十日，散髪空翠，行且吟，顧謂方君：「得流泉滮滮漱石齒，吾二人以耳枕之，以洗吾悲，何如？」方君指田間流泉故道，皆達麓而來，謂其源自藥壺山出，山之愚民辟田其背，盡激之過顙，以故沽〔一〕爲陸者不知其幾年，無有能復之者。乃與余行二百步，至激泉處。由激泉而西百五十步，皆曲溝斷石，民橋其上。有草類菖蒲而小，無脊，一寸，皆九節，蓋楚南謂之蓀。又沿溝行九十步，亂山如蹲，厓傾石立，洼者、凸者、跂者、伏者，仆且偃者，散而布者，如瓶之乳，如鹿之奔，如鼠之飛，如鳥鵲之俯啄，如兔之自吐其子，猿猴之垂藤而飲于水也，如雞犬之弛于鼎而仙也。其變恠峭特，予〔二〕無以詰之。山之僧作亭道上。泉出于藥壺者，赴焉。同遊括蒼吳子善〔三〕，韶卿之弟君實、子肖翁〔四〕，皆掬泉于泓，漱且憩。有泉鳴林薄間，斷續相應，類金奏闋，而石聲間作。又有縹緲益近，若浮雲、飛絮遊空而下，殆不可窮其狀。聞唐有僧名而仙行者，貞觀間，自南麓來，結廬于此，寂然自言千七十歲有奇。蓋出於周末也。廬爲寺，又五百年。因往觀焉。其碑記僧所説鉛汞事，乃效晚唐人詩，獨不作秦漢以前語，亦不可曉。遂由寺之西捫蘿而上，得石洞。巉□爽塏〔五〕，可坐數十人。視巖前樵牧路如線，往來負且牽，皆交璧不相忤。又東行，抵相對距巖趾〔六〕，得二洞。其一溫然如春，可久坐。自外望之，若無有者；其一空廻寥廓，聞人語，如投珠于壺，滴泉垂草，雜飛蝠，續之蒼碧欲動。石平潤可抵處十數，各倚梯拂蘚，題詩其上。逮暮，猶沾沾忘歸。窮泉源，直抵藥壺頂，望兩山墻立，石飛聳欲墮。可爲亭者一處，磵中立石可爲橋，接西巖者一處，洞傍可爲屋若園各一處。蓋居于此者，日遊而不知。予與二方、吳君得之，若行外國遇異人，出奇玩，相飲宴，皆世所未有，故書以遺後之好遊者，俾有考，且屬韶卿居焉。

校勘記

〔一〕沽，弘治本、嘉靖本、康熙本均作「枯」，應是。

〔二〕予，弘治本、嘉靖本、康熙本均作「余」，後同。

〔三〕括蒼，弘治本、康熙本作「括」；康熙本有小字註：「括」字下一本有「蒼」字。
〔四〕肖翁，弘治本、康熙本作「肖育」；康熙本有小字註：「育」一本作「翁」。
〔五〕底本「巉」「爽」二字間空一格，弘治本、嘉靖本、康熙本均無空格。
〔六〕距巖，弘治本、嘉靖本、康熙本均作「巨巖」。

月泉遊記

余少慕初平叱石事，知婺有金華洞瀑泉之勝，而未知有月泉也。月泉在浦江縣西北二里，故老云其消長視泉之虧盈〔一〕。由朔至望，投梯其間，泉浸浸浮梯而上。動盪芹藻，若江湖之浮舟擁泊〔二〕于岸，視舊痕不減毫髮。由望至晦，置竹井旁，以常所落淺深爲候，隨月之大小畫痕竹上，當其日之數，旦而測之，水之落痕與石約如竹之畫。視甃間滯萍蘚，枯青相半，殆類水退人家，日蒸氣溼，墻壁故在，而浮槎游枏棲泊，樹石隱隱可記。予〔三〕與友人陳君某至，適望後二日。陳君指萍于草〔四〕，以爲斯泉虧落之驗。蓋冲漠朕兆間，盈虚消息之理，與山川呼吸往來之氣，相值而不爽也如此。非必有神物主之，如雜書恠録所謂巨魚吞吐云也。泉傍舊爲堂，祠朱、吕二先生，環闌楯甃上，環詩亭上，四顧烟雲竹樹復環泉若亭〔五〕，不敢左。其東北之山曰仙巖者，遠望類芝草浮空而立，若皆有所待于斯泉而向焉者。予方謀日遊其間，與月約盈虧，泉約消長，與山約無盈虧無消長，亘來今以老吾詩。有述仙巖之遺迹，約余遊巖之麓者，將歙鹿鳴之引以擬笙鶴，曰〔六〕：「子欲窮山中之勝，而憚以足赴目乎？」余欣然從之，書〔七〕泉之本末，以記兹遊之始。

校勘記

〔一〕泉之盈虧，嘉靖本、康熙本作「月之盈虧」，當從之。康熙本另有小字註：

「月」，舊本俱作「泉」。

〔二〕弘治本「泊」字處爲空。康熙本「泊」作「苔」，另有小字註：「苔」一本作「泊」。

〔三〕予，嘉靖本、康熙本作「余」。

〔四〕于草，康熙本作「與草」，另有小字註：「與」，舊本俱作「于」。

〔五〕若亭，康熙本作「石亭」，另有小字註：「石」，坊本作「若」。

〔六〕曰，底本作「陳」，據弘治本、嘉靖本、康熙本改。

〔七〕書，弘治本、嘉靖本、康熙本均作「故書」。

粵某山蜂分日記

甌粵之南有某山焉，跨羅浮，挹九疑，穴其竇而下，空洞橫亘數千里，與勾漏通。山之陽，其民至老死而不知歲曆，惟以甲子紀日。由穴之陰而南，雖甲子亦不書。山眾天小，鑿石竅，繩銕其上，屋纍纍而下者若冢，高者若浮圖。户養蜂，分地蒔花編竹，若護蔬果，擘杉桐卷之，或取雜木，刳其中爲蜂房，纔百之一。每數日，蜂輒有分者，置不問，聽其所止而休焉，率以蜂之多寡爲家之厚薄。四時旦暮，常〔一〕候于蜂，故曆與甲子可無也。蓋衙而知早晚，出入而知寒暑。四時之花卉不同，而蜜亦異味，是其候也。至于有事而涓吉，亦于蜂候焉。濱是山之郡，其人皆能言之：「蜂之分也，其日必吉。」人家無大小貿易，偶及蜂分，則趣成之；事未及辦，則以待後之分日。至于婚嫁已納采而未迎〔二〕，興作已畢工而未落成，皆候焉。或父子、兄弟分業而居，則俟〔三〕其日時而併用之。隣里、親戚置酒，羸老相與賀，數向之獲是而吉者，例指以爲盛事。蜂移之家，若僕若隣，無遠近遞相報，俾皆知是日之吉，不敢隱。有販者至其地留一年，書蜂分之日，凡百有奇，歸而詰曆驗之，皆黄道、紫薇、天月德，活曜其星也。其不分者，非凶星則常日也。予〔四〕聞之，始而疑，中而信，久而驚，以愧不知茲蜂之爲何物也。且其王生而有髭，則爲異；舉族附之不敢後，則爲忠；遭物害而去，有相失者不肯附他族，必彷徨噬齧，自相枕籍以死，則爲貞；出則紛然，先後奔走之不暇，則爲勤；歸則翕然集，若赴期會而聽號令，則爲整；食蜜之餘，以遺取者不怨，則爲廉；爲房以自居，則爲智；有蠆以自衛，則爲勇。脩是四德〔五〕，而又能知天時以協人事，則夫貪賄無謀、亂行離次、棄君事仇、反覆變詐以取富貴利禄者，身爲蠆尾而不卹。雖其形則人也，使其居深山中，與不使〔六〕甲子之民，將必顛倒五行以爲民害，寧不爲茲物之愧哉。

校勘記

〔一〕常，弘治本、嘉靖本、康熙本均作「悉」。

〔二〕未迎，弘治本、嘉靖本作「未逆」。康熙本有小字註：「迎」，坊本作「逆」。

〔三〕 俟，弘治本、嘉靖本、康熙本均作「候」。

〔四〕 予，弘治本、嘉靖本、康熙本均做「余」。

〔五〕 四德，弘治本、嘉靖本、康熙本均作「數德」。

〔六〕 不使，弘治本、嘉靖本、康熙本均作「不知」。

山陰王氏鏡湖漁舍記

越城東南多隱者居。唐迄今五百載，賀監宅與玄真子嘗往來處，往往遺迹猶在。高標清風〔一〕，彷彿烟靄中，茲爲可尚也。王氏別業在城南，蓋盡得其勝。近又于其旁莳竹萬箇，加以幽花、貞石，離立參峙，引水循亭爲九曲，前置屋如列舟，面鏡湖，扁之曰「漁舍」。嘗獨坐〔二〕，及與客對，禹山雲氣冉冉隨〔三〕几席。稍東二百步，累土爲坡，室方丈，曰小瀛洲，水環其外。北望州治，山蜿蜒澳鮮，翔伏迤演，蓋昔人以比蓬萊，實與秦望、天柱〔四〕相賓主，而是洲適中焉，則茲名不爲過。負城田可數十頃。春夏之交，水彌望，洲小益浮，艤榜其側，含嵐浴暉，頃刻殊狀，不知天壤之有瀛海也。余嘗一再造竹下，良久，主人晉衣冠迎客，子弟儼侍立。語久益親，俾予〔五〕爲文，識其位置次第，故他不遑及。或謂予：公家世蓬萊下，方權貴人趣治第，勢熏灼殊甚，草木動相德色，獨吃吃不肯歆豔附麗，及茲益守前之爲，蓋有昔名人隱者之所難。可書也已，是爲記。

校勘記

〔一〕清風，弘治本、嘉靖本、康熙本均作「清氣」。

〔二〕嘗獨坐，弘治本、嘉靖本、康熙本均作「嘗意坐」。康熙本有小字註：「嘗」，一本作「當」。

〔三〕隨，弘治本、嘉靖本、康熙本均作「墮」。

〔四〕天柱，康熙本作「天池」。

〔五〕予，弘治本、嘉靖本、康熙本均作「余」。後同。

樂間山房記〔一〕

予〔二〕與吳君仲恭同年生，而動息勞佚與凡所爲事相值無同者。予喜泉石，物外交遊，耳聞足歷，畏不即居之，意少不愜，輒復去，宜佚而得勞〔三〕。居里黨，人情高下，勢緩急張弛，事後當成敗，慮周于物而能自愛，其所居爲屋，日以爽塏靚深，以休息其中，宜勞而得佚。近闢山爲重屋以眺遠，又屋其後，爲楹十有八。其位置區畫，類隱者所爲。括人吳善父名之曰「樂間山房」。夫天地間，雲嵐木石，崇丘絕壑，足以發奇潛老，多人蹟所不到，故畸人靜者，得與世相忘而自樂其樂，恒專己而不讓，至貶食離累，垢衣蓬首，獨甘心焉。今君之爲此，不離乎家人父子之間，匊灑盥櫛之常，溫凊定省之後，飲食滋味之養，而幽閒之適，吟眺之美，一踰足越限而兼有之，可謂樂矣。今君年益老，見益定，雖不絕物，不害爲閒且樂，心有外馳，雖閉户坐，不與人世接，樂亦未盡〔四〕。蓋君已知之，欲推其究而言解，所以名者，以予爲文能識古字，屬爲之記。甲午九月八日。

校勘記

〔一〕弘治本、嘉靖本、康熙本題下均有小字「甲午秋」。

〔二〕予，弘治本、嘉靖本、康熙本均作「余」。後同。

〔三〕康熙本有小字註：「勞」字下當有「君」字，舊本俱佚。

〔四〕未盡，弘治本、嘉靖本、康熙本均作「未至」。

小爐峰三瀑記

睦土瘠，民之巖耕者，發土石趾，如刃游肯綮，如肋棄而復食。故凡樹石奇玩之隣于耕者，殆無完景。間有得全，其天不毀以休息于此土，皆民之所棄也。其勝處的然見于圖經者，又爲塵襟俗駕，且至而睨之，毀畫贅疣以醜其外，樸斲竅鑿以死其内，與茲土爲仇，又有甚于民之所墾者。予〔一〕至新亭之紫溪，得爐峰紫烟浮動，旁無雜植肯肋之地以爲之累，而又見遺于圖經，不爲人所知，故得巋然以存。水南出，經其趾，雜苔藻，不染他色。友人翁君世居其下，因約予賦詩。聞有龍門瀑布者，相去復不遠。由溪之别澗行三五百步，水皆西流。予謂水于天地間西行極少，所産必珍禽恠石，與有道者居焉，故三萬里遡風而西，即其大者。遂相與躡足蒼苔水石間，有巖窮窿如門，落深瀑數十丈，下爲潭，浴石蒼碧，類白虹飲于井而蛟龍博之者。既掬泉，噈且卻，毛髮起豎。由穹窿捫蘿而上，望雙流繞麓，石益深翠。日且晚，各賦詩，岸幘乘月而歸。約九日，尋源至其頂。如期携酒挿菊，遡雙流益東，古藤青壁〔二〕，殆非人境。沿溝溪二百餘步，地稍峻，泥如沙欲流者數處，仆且起，亂石雲浮，烟嵐薄林木，片片欲斷，足相趾而進，不敢視。稍間斷，前足已遠，後者望前者，如乘雲空中，遺影在地。進至峽，得一瀑，自巖下爲三級，流乳成池。四顧巖壁木根，翠色欲滴。衆客青蓑白帢，浮杯乳上，舉酒酹水〔三〕，遺肴核其中，樵童牧豎觀以爲異。復登〔四〕亂雲上，稍南，一石嶔嵌飛動，瀑蜿蜒如舞白虹而下，涎沫〔五〕轉棹，予無以名其狀。復緣厓至頂，望乳池上復二級，流乳⿱艹敢薄中，草木皆芝木香，蓋峽中所望而未見者。明日，獲〔六〕由前峽登前壁，望上級垂蘿裹溼蘚，下與瀑屬，歸而定其處爲三瀑。識其可爲亭者四，曰「放鶴」，在瀑頂；曰「穹石」，在下瀑浴石旁；曰「可噈」，在上乳池之下；曰「弄月」，居亂雲之上。可爲橋者二，跨中瀑，曰「玉峽」；居兩瀑合流，曰「雙谼」。爲圖遺同遊者謀之，不欲竅鑿樸斷贅疣焉，以累茲山。始櫋葸葺藥以備藏脩，種梅爲本，瀑旁爲泥丸，散桃巖上下。春秋臨流濯髮，夏乘風長嘯頂上，冬看冰柱〔七〕，如是以老吾年，足矣。橋與亭，以某月經始，先紀其事，與同遊各賦六詩，書于後〔八〕。後二年亭成，而刻之石。

校勘記

〔一〕予，弘治本、嘉靖本、康熙本均作「余」，後同。

〔二〕青壁，弘治本、嘉靖本均作「青璧」。

〔三〕酹水，弘治本、嘉靖本、康熙本均作「酬水」。

〔四〕弘治本「登」字處爲墨釘；康熙本「登」作「攀」，另有小字註：「攀」，一本作「登」。

〔五〕沬，弘治本作「味」。康熙本有小字註：「沬」，舊本或作「味」，非。

〔六〕獲，弘治本、嘉靖本、康熙本均作「復」。

〔七〕冰柱，弘治本、嘉靖本、康熙本均作「水柱」。

〔八〕後，弘治本、嘉靖本均作「后」，誤。

遊赤松觀羊石記

金華洞，爲初平叱石處。余髫而聞之，髮種種〔一〕乃一至。而叱石處，復不在金華洞。未至洞十五里，有山曰赤松，今爲寶積觀，觀旁祠二仙，即皇氏兄弟。是其處也，石故在山之巔〔二〕，變恠牴牾，宛然如羊，多爲樵牧及好事者取去，道士拾其餘〔三〕蓄觀中。予〔四〕得借而觀之者三處。其一天井東，僅十數角，嶄然群伏且起狀，無抵觸意，苔蒙茸若草藉地，可近而玩；其一並〔五〕曲池之北岸，累石爲山，參布伍列，犬牙其上，卧者十八九，伏者十七，抵者、蹶者十五，履險而跛者〔六〕十三，倚而齕、跪而乳者十一，若觀古鼎彝尊〔七〕之蹟于石，形不求完而意自足；其一積小坻，位置加密，跂伏、齕乳、牴蹶，與前變態畧同，復有拱人而立者〔八〕，奇崛特甚，道士易以他名，使不與群羊伍。予曰：「是不可易。左元放之遇曹瞞，其化而爲羊，與玆羊之化爲石，是或一物也。今而後觀諸石〔九〕，若憑而遊，若蜕而休，茫乎日與對而泊不知所求，其有不復化爲是物乎？」道士顧笑，衆岑寂〔一〇〕，起立若植，以予言爲然，故書以啓後之遊者。其所觀三處道士曰倪守約、唐元素、王德厚〔一一〕，云石去初平〔一二〕仙後若干年，爲樵牧好事所取及移來此又若干年，道士悉能言之，于遊者非有所係，故不書。

校勘記

〔一〕髮種種，弘治本作「髮種」。康熙本有小字註：「種種」，舊本俱佚下一「種」

字。

〔二〕在山之巔，弘治本作「在山之顔」。康熙本有小字註：「巔」，舊本俱作「顔」。

〔三〕拾其餘，康熙本作「拾其遺」。

〔四〕予，弘治本、嘉靖本、康熙本均作「余」。後同。

〔五〕並，嘉靖本作「在」。

〔六〕履險而跛，康熙本作「歷險而跂者」，另有小字註：「歷」，坊本作「履」；「跂」，舊本俱作「跛」。

〔七〕彝尊，弘治本、康熙本作「彝罍」。康熙本另有小字註：「罍」，一本作「尊」。

〔八〕「與前變態畧同，復有拱人而立者」，弘治本作「與前變態略，有拱而人立者」；嘉靖本、康熙本作「與前變態畧同，復有拱而人立者」。康熙本另有小字註：「略」字下舊本失「同復」二字。

〔九〕諸石，弘治本、嘉靖本、康熙本均作「茲石」。

〔一〇〕衆岑寂，弘治本、嘉靖本作「衆皆岑寂」；康熙本作「衆皆沈寂」，另有小字註：「沈」，舊本俱作「岑」。

〔一一〕道士曰倪守約、唐元素、王德厚，弘治本、康熙本作「道士倪某、唐某、王某」。

〔一二〕云石去初平，弘治本作「云石初平」；康熙本另有小字註：「石」字下舊本失「去」字。

金華洞人物古蹟記

金華洞去縣三十里，洞有三，道赤松，東、西鹿田上，而下遠望，若建瓴水，及至，復平夷無他險。道北山，由上下，氣喘喘不暇息，然亦不覺勞苦。下洞之右，爲椒亭。亭上望洞口若銕甕，石上青黑〔一〕。洞内外分爲兩，由銕甕入，可坐數百人。有穴如蘲頣，水出自頣，入地中，下山復不知何處。由頣入，卧小舟，僮僕篝火傳舟。進至岸，寥泬空廓，行飃飃有聲。由右轉左，復從頤出洞外。洞外二百步，至中洞口。自洞口束炬〔二〕，回旋入地底，一出。出良久，有二里至上洞。上洞分左右爲兩，變恠開闔，爲體各不同，而天地、山海、人物之類最多，歸而以其類識之，總六十有四，併十二而五，得五十七。爲仙人藏身處一，石黄色，亘地，在外洞右；爲道人比肩而立各一，在外洞上頂旁；爲大士垂珠纓絡箕踞而坐者一，在石之右。凡爲人之類四，而形影小大，有不犯焉。爲碧桃枝實纍纍垂下者一處，在于外洞頂右；爲石筍拔地而玉立者一，斜上蒼紫而迸于地者一，在洞中水簾後。凡爲植物之類三，而苞萌蕡實有不犯焉。爲蒼龍首尾相應者一，在外洞左右對〔三〕；爲龍角〔四〕鬣尾及爪痕如玉者各一，在内洞右；爲蒼白兩龍鱗鬣欲夾石梁飛度者一，在上洞左角；爲右黑龍而白蛇自背繞其脇者一，爲蟾蜍三足一，在石門限北；爲遊魚布影于石者一，在外洞頂西北；爲蝦蟇匝地者一，在蟇頤蓄水傍；爲石蜂窠房牖如綴者一，在蝦蟇石上頂；爲石獅子、爲石虎而虎者〔五〕各一，在雪山前；爲大小象腳，大二小一，在内右轉左。凡爲山海奇恠之物，總十有四，離而爲二十有一，而鱗介、羽毛、飛走有不犯焉。前後雪山一，在上洞，爲雲巖〔六〕五色二，在霜石上，稍西及上洞右爲仙人望月者一，在蟇頤受日處，正圓三五夜〔七〕，爲日影射石壁，類月光在地者一處，在上洞石之左；爲北斗七星窠一，在外洞外之左。凡爲在天垂象之類九，不犯二三焉。爲天涯、海角各一，在下洞内右；滑臺一，在内之左；爲石紋細湧如水波浪痕者二，在下右上左；爲仙人種玉田者一，在下左，丘畝步角可數；爲天地〔八〕一，在上洞天扉下；石井一，在上右角下；皆深黑，莫測所窮。凡爲在地之類八，不犯一二焉。爲石門限、溜室、窓欞各一，在石限内；爲石柱一，在大小象腳下〔九〕；石室一，在水簾石筍後，落沙石〔一〇〕盛之，輒滲下不溢，簾後束炬可立，先出者視互出入者與束炬立簾後者，若神人然；石梁上〔一一〕，在天池左，可數十丈；爲天扉中折〔一二〕，日光射其内者一，從洞背尋折〔一三〕處，復不可見。凡爲棟宇之類七，而求其犯者無一焉。爲石鐘、鼓，自洞頂懸而虚其下，而聲各如其所名者一，在仙笠東；爲仙笠一，在鼓西；爲筆格而山立者一，爲硯滴石穿溜，若引蟻鑽珠，而洞頂滴泉正當其處一，與筆格自爲左右；爲懸鐘寶蓋，類雲氣結而天花雨者一，在鐘鼓南；爲天人掛衣痕蹙蹙如新者一，在石床右；石床上〔一四〕，在衣左；爲小挂衣一，在外洞黄石上側；爲水簾飛空而下，類珠翠〔一五〕綴成者一，在中洞旋石中；爲小懸鐘二，在中洞及上左。凡爲器玩之物十有二，而求其犯者無一焉。予〔一六〕嘗喜獨行山水間，遇古蹟奇玩，見于外有過此無不及也〔一七〕。至内觀，若神犀，寶鼎、燭影、圖物、夔龍、罔兩，天地山海之藏，既〔一八〕莫得逃其狀，此爲尤絶。友人方君鳳既集爲行紀，志所變恠，先後有差。予嘗欲與善畫者日夜相對，盤礴其下，寫爲圖，分合數面，求書尾于山林畸人靜者傳之，後數百年以爲希世之寶，而力有未能，輒敘其槩而爲之記。凡以昔之得遊而觀者數千百年，既不可知其人而徃矣，後之欲圖而觀者，數千百年，豈無有與我同志者，其于此庶乎其有考也。

歲屠維赤奮若月孟陬，粤人謝翱記。

校勘記

〔一〕石上青黑，弘治本、嘉靖本、康熙本均作「石正青黑」。

〔二〕東炬，弘治本作「東炬」。康熙本有小字註：「東」，舊本俱作「東」。

〔三〕在外洞左右對，嘉靖本、康熙本作「在外洞左，左右對」。康熙本另有小字註：「在外洞左」下，舊本俱失一「左」字。

〔四〕龍角，弘治本、嘉靖本、康熙本均作「龍頭角」。

〔五〕爲石虎而虎者，弘治本作「而石虎而虎者」，嘉靖本、康熙本作「爲石虎而踞者」。康熙本另有小字註：「爲石虎而踞者」，舊本「爲」俱作「而」，「踞」俱作「虎」。

〔六〕雲巖，弘治本、嘉靖本、康熙本均作「雲霞」。

〔七〕正圓三五夜，弘治本、嘉靖本、康熙本均作「正圓如三五夜」。

〔八〕天地，康熙本作「天池」，另有小字註：「池」，舊本俱作「地」。

〔九〕脚下，弘治本、嘉靖本、康熙本均作「脚外」。

〔一〇〕落沙石，弘治本、嘉靖本、康熙本均作「水落沙石」。

〔一一〕石梁上，弘治本、嘉靖本、康熙本均作「爲石梁一」，當從之。

〔一二〕折，弘治本、康熙本作「拆」，疑作「坼」。

〔一三〕同〔一二〕。

〔一四〕石床上，弘治本、嘉靖本、康熙本均作「石床一」。

〔一五〕珠翠，弘治本、嘉靖本、康熙本均作「珠碧」。

〔一六〕予，弘治本、嘉靖本、康熙本均作「余」。後同。

〔一七〕也，弘治本、嘉靖本、康熙本均作「者」。

〔一八〕既，弘治本、嘉靖本、康熙本均作「皆」。

鹿田聽雨記

鄉余見南嶽僧，言嶽頂望日出海，看雲生樹石，與巖屋聽風雨，夐異人世，嘗疑其言之過。比遊金華之北山，宿東、西鹿田，夜聞風雨聲，滃鬱浥隘，琤琮澎湃、淅淅〔一〕浮浮、泠泠〔二〕翏翏，或散或哀、或赴或休、或射或激〔三〕、或凌或瀝、或滛或淫〔四〕、或益而溢。其過虛若乘，其擊實若盈，其舉朽若勝。而〔五〕振于葉也若憑，其赴于壑也若崩，其回旋于空而薄于〔六〕軒窓也，若濤風擊舟而擁于敗罾，是不可行而詰其名也。蓋其地近洞天，山川鬼神、虎豹蛟龍、虫蛇罔象、烟雲水石之所聚，故聲鬱而不散。其石虛，窾窽堊坳，枅圈洼臼，峆崢口鼻之所出，故其聲泊以深。其林木藿霏，枯新堅脆，榮實瘻液之所生，故其聲泛以嗇。其勢之來也殊方，其席而怒也殊力，其散而游于物也殊值，故能若無若有，萬變而不窮。而畸人孤子抱膝擁衾，感極生悲而繼之以泣，故其聽也獨真，于是信鄉之所聞于僧者不謬。然僧之聽乎此與人世異，而吾之聽此復與僧異，知吾與人世、與僧之所以爲異。則兹遊也，將必有與吾〔七〕不異而深知此聲者乎？是爲記。

校勘記

〔一〕淅淅，康熙本作「浙浙」。

〔二〕泠泠，弘治本、嘉靖本、康熙本均作「冷冷」。

〔三〕或射或激，弘治本、嘉靖本、康熙本均作「或激或射」。

〔四〕或滛或淫，弘治本、嘉靖本、康熙本均作「或沉或滛」。

〔五〕而，康熙本作「其」。

〔六〕薄于，弘治本、嘉靖本、康熙本均作「薄乎」。

〔七〕吾，康熙本作「我」。

遊石洞聯句夜坐記

藥壺山，其初總謂之仙巖，余取其狀類藥壺，且奇崛特甚，故别名之。三石洞之遊，直抵其巔〔一〕。拊摩蒼蘚〔二〕，擷靈草若芝木〔三〕而莫辨者歸于洞，掬乳泉嚼嚥之。山之僧曰師遠者，嘗遊方之外，喜夜坐，見予抵掌荒落、蜉蝣蟬蜕，以爲異，邀宿寺中，設燎露坐。望藥壺諸巖連洞如井，河漢衆星挂其上，小者欲飛，大者欲滴。環視北斗無見者，以問遠。遠云：「諸巖，藥壺直西北最高，北斗墮其脇，故經年未嘗一見，獨蘿陰缺處，見南斗歷歷。」衆皆瞻仰嘆息〔四〕，遂以足歷目睹日夜所得沾沾自喜，若恐失者。與子善、韶卿、君實默識，以一人糾之，由甲而乙，各受其意以爲句，有次第。語不逮意，責在衆，意舛而語自工，以責糾者。是夜將分，有影射西巖，初如珠光走盤，浸大如石〔五〕。須臾，光遍樹石，閃閃飛動。視東巖，月復未吐，益信仙宫深處所見日月光影，往往與人間不同，無足恠也。復續聯〔六〕句，思益苦。遠見無能〔七〕爲，相與不自知，對坐兀兀達旦。蓋先夜與子善宿韶卿家，因讀韓、孟聯句，舉此爲例，每得一聯，書于紙。有未合，衆爭句，糾爭意，始各執其是，不相下，執愈爭愈力〔八〕，卒至于當而後已。既成，以爲善，故是夜復如之。先得韻四十四，後三十八，與題洞諸律絶句，皆楷書爲卷，復相與正其重複䟽漏者，竄若干，定若干〔九〕。是爲記。

校勘記

〔一〕其巔，弘治本、嘉靖本、康熙本均作「其頂」。

〔二〕蒼蘚，弘治本、嘉靖本、康熙本均作「苔蘚」。

〔三〕芝木，弘治本、嘉靖本、康熙本均作「芝术」。

〔四〕嘆息，弘治本、嘉靖本、康熙本均作「嘆異」。

〔五〕如石，弘治本、嘉靖本、康熙本均作「如席」。

〔六〕「聯」字處，弘治本爲墨釘，嘉靖本空缺。

〔七〕無能，弘治本、嘉靖本、康熙本均作「爲能」。

〔八〕執愈爭愈力，弘治本、嘉靖本、康熙本均作「執愈甚，爭愈力」，當從之。

〔九〕弘治本「定」字處爲墨釘。

睦州詩派序

唐代言詩在江東者，戴發運叔倫、許刺史渾，潤人；丘員外丹、丘庶子爲、顧著作況、陸處士龜蒙，姑蘇人；孟先生郊、嚴處士惲、釋子皎然，吳興人；駱少府賓王、張處士志和、僧貫休，金華人；賀賓客知章，四明人；嚴長史維、秦徵君系、吳舍人融、僧澈，越人；張處士祜〔一〕，金陵人；吳韶州武陵，廣信人；羅給事隱，新城人；項少府斯，天台人；薛補闕令之、歐陽生詹，閩人。其他雖遺逸不可槩舉，率郡不過一二人，多者三四人。惟新定，自元和至咸通間，以詩名凡十人，視他郡爲最。施處士肩吾、方先生干、李建州頻、喻校書鳧，世並有集。翁徵君洮，有集藏于家。章協律八元、徐處士凝、周生朴、喻生坦之，並有詩見唐間氣及文苑諸書。皇甫推官以文章受業韓門。翺客睦，與學爲詩者推唐人以至魏漢，或解或否，無以答。友人翁衡取十先生編爲集，名曰睦州詩派，以示翺。翺曰：子睦人也，請歸而求之。毋貽皇甫氏所云舍近而尋遠，則詩或在是矣。癸巳夏五月〔二〕，書雙拱精舍。

校勘記

〔一〕祐，弘治本、嘉靖本、康熙本均作「祜」，應從之。

〔二〕夏五月，弘治本、嘉靖本、康熙本均脱「月」字。

登西臺慟哭記

始，故人唐宰相魯公，開府南服，余以布衣從戎。明年，别公漳水湄。後明年，公以事過張睢陽及顔杲卿所嘗往來處，悲歌慷慨，卒不負其言而從之遊。今其詩具在，可攷也。余恨死無以藉手見公，而獨記别時語，每一動念，即于夢中尋之。或山水池榭，雲嵐草木，與所别之處及其時適相類，則徘徊顧眄，悲不敢泣。又後三年，過姑蘇。姑蘇，公初開府舊治也，望夫差之臺而始哭公焉。又後四年，而哭之于越臺。又後五年及今，而哭之于〔二〕子陵之臺。先是一日，與友人甲、乙若丙，約越宿而集。午，雨未止，買榜江涘。登岸，謁子陵祠，憩祠旁僧舍，毁垣枯甃，如入墟墓。還，與榜人治祭具。須臾雨止，登西臺，設主于荒亭隅，再拜跪伏。祝畢，號而慟者三，復再拜起。又念余弱冠時，往來必謁拜祠下。其始至也，侍先君焉。今余且老，江山人物，睠焉若失。復東望，泣拜不已。有雲從西南來〔二〕，渰浥浡鬱，氣薄林木，若相助以悲者。乃以竹如意擊石，作楚歌招之，曰：「魂朝往兮何極，暮歸來兮〔三〕關水黑。化爲朱鳥兮，有咮焉食。」歌闋，竹石俱碎。于是相向感喟。復登東臺，撫蒼石，還憩于榜中。榜人始驚余哭，云：「適有邏舟之過也，盍移諸？」遂移榜中流，舉酒相屬，各爲詩以寄所思。薄暮，雪作風凜，不可留。登岸，宿乙家，夜復賦詩懷古。明日，益風雪，別甲于江，予〔四〕與丙獨歸。行三十里，又越宿乃至。其後，甲以書及別時來〔五〕，言：「是日風帆怒駛，逾久而後濟。既濟，疑有神陰相以著茲遊之偉。」予〔六〕曰：「嗚呼！阮步兵死，空山無哭聲，且千年矣。若神之助，固不可知，然茲遊亦良偉。其爲文詞因以達意，亦誠可悲已。」予嘗欲倣太史公著季漢月表，如秦楚之際，今人不有知予心，後之人必有知予者。于此宜得書，故紀之以附季漢事後。時先君登臺後二十六年也。先君諱某，字某，登臺之歲在乙丑云。

校勘記

〔一〕哭之于，弘治本、嘉靖本、康熙本均作「哭于」。

〔二〕從西南來，弘治本、康熙本作「從南來」。康熙本另有小字註：「南」字上，一本有「西」字。

〔三〕暮歸來兮，弘治本、嘉靖本、康熙本均作「暮来歸兮」。康熙本另有小字註：「來歸」，一本作「歸來」。

〔四〕予，弘治本、嘉靖本作「余」。

〔五〕别時來，弘治本、康熙本作「别詩來」。康熙本另有小字註：「詩」字上，一本有「時」字，一竟作「時」。

〔六〕予，弘治本、嘉靖本、康熙本均作「余」。後同。

晞髮集卷之八終

晞髪集卷之九

宋 長溪謝翺 著

明 邑令張蔚然、郡人徐𤏡 訂

邑人郭鳴琳 校

附録

謝君臯羽行狀

方鳳

君諱翺，字臯羽，姓謝氏，福之長溪人，後徙建之浦城。曾祖景暉，祖嘉，至其父鑰，以春秋學爲婦翁繆正字烈所器重，嘗著春秋衍意十卷，左氏辯證〔一〕六卷，藏于家。君世業。幾冠已行聲，試有司不第，落魄泉、漳間。會丞相信公開府，杖策詣公，署諮事參軍。其畧見西臺慟哭記。後避地浙水東，留永嘉、括蒼四年，往來鄞、越復五年。戊子夏，至婺，遂西至睦及杭。慕屈原懷郢都，讀離騷二十五，託興遠遊，以「晞髮」自命。爲詩厭近代，一意遡盛唐而上，文規柳及韓。嘗欲倣太史法著季漢月表，采獨行全節事，爲之傳，大率不務爲一世人所好，而獨求故老與同志，以證其所得。會友之所名汐社，期晚而信，蓋取諸潮汐。嘗爲許劒録，嘅時降交靡，耆舊凋落盡，吴越殆無掛劒者，思集同好姓字、年爵、居里，擇地昔賢所嘗遊，作亭立石，他日〔二〕示宿草不忘意。其遊蹟，非勝絶處不到，如鴈山〔三〕、鼎湖、蛟門、候濤、沃洲、天姥、野霞、碧雞、四明、金華洞天，探幽發奇，所至即以遊録述。所賦詠多昔賢文字所未及，持以與人，若載異寶歸者。遊倦，輒憩婺、睦之江源、月泉、仙華巖、小爐峰三瀑布。復愛子陵臺下白雲原，唐玄英處士舊隱，有終焉之志。且欲爲文冢，瘞所爲稿臺南。甲午寓杭，遺人劉氏女以女。至是，買屋西湖

〔四〕，日與能文詞者往還。乙未，復來婺、睦，尋汐社舊盟。夏，由睦之杭，肺疾作，秋八月〔五〕壬子終，蓋於是距生年己酉四十有七矣。垂歿時，語妻劉：「吾去鄉遠，交遊惟婺、睦間方某、翁某數人最親，死必以赴。慎收吾文及遺骨，候其至，以授之。」辛酉訃聞，婺方鳳、方幼學〔六〕、吳思齊〔七〕，睦馮桂芳、翁登及弟衡，會小爐峰，相向哭。明日，鳳與幼學〔八〕、方熹先往臺南，度可塟地。甲子，具舟之杭，哭諸劉氏。劉循治命，候庚午，以遺骨歸殯桐廬，買山營兆所度處。越明年，正月二十八日丁酉窆，以文稿殉。兆在故起居舍人范公端臣墓右。地名嚴陵，郡以著名即其地。從初志作許劒亭，伐石表于墓，曰「粵謝翺墓」。蓋君嘗入剡，見戴顒墓表云然。窆之日，同生年吳謙〔九〕志壙，其從孫貴，以門人虞，而歸婺，祠之月泉。君遺稿在時舊所爲，悉棄去。今在者：手抄詩六卷，雜文五卷，唐補傳一卷，南史贊一卷，楚辭等芳草圖譜一卷，宋鐃歌鼓吹曲、騎吹曲各一卷，睦州山水人物古蹟記一卷，浦陽先民傳一卷，東坡夜雨句圖一卷，遊東西遊録〔一〇〕九卷，春秋左氏續辨、歷代詩譜未脱稿，選唐韋、柳諸家及東都五體在集外。憶君始至時，留金華山中，歲晚，爲文祭信公，望天末共哭，復賦短歌行以寄餘悲。自是，與予〔一一〕爲異姓兄弟，不忍離，離輒復合。每卧起食飲相與語，意不能平，未嘗不撫膺流涕也。君好脩抱獨，刻厲憤激，直欲起古人從之遊，其樹立有如此者。顧死中年無後，翁衡與余子肖俱嘗從君授春秋，未卒業。諸學者經指授，率異嚮所能。余雖早衰，尚擬相從，盡衡、霍之勝〔一二〕，歸而潛文字以老。今已矣，能無痛乎。姑敘顛末，赴所知求爲銘，且以俟後世君子。友人方鳳謹述。

校勘記

〔一〕左氏辯證，康熙本作「左氏辨證」。

〔二〕他日，弘治本作「它日」。

〔三〕鴈山，弘治本「鴈」字處爲墨釘；康熙本作「桐山」，另有小字註：「桐」一本作「雁」。

〔四〕西湖，弘治本「湖」字處爲墨釘；康熙本作「西山」，另有小字註：「山」一本作「湖」。

〔五〕秋八月，弘治本、嘉靖本、康熙本均作「以秋八月」。

〔六〕方幼學，弘治本爲墨釘；康熙本未録，另有小字註：「方鳳」下，一本有「方幼學」。

〔七〕吴思齊，弘治本作「婺吴思齊」。

〔八〕鳳與幼學，弘治本作「方與幼學」；康熙本作「與方幼學」，另有小字註：「與方」下，一本有「鳳與」。

〔九〕吴謙，弘治本「謙」字處爲墨釘。

〔一〇〕遊東西遊録，弘治本作「游東西遊録」，嘉靖本、康熙本作「浙東西遊録」，當從嘉靖本、康熙本。

〔一一〕予，弘治本、嘉靖本、康熙本均作「余」。

〔一二〕勝，弘治本、嘉靖本、康熙本均作「興」。

謝皐父傳〔一〕

鄧　牧

謝君名翶，字皐父，延平人，蚤事科舉，學有志當世。中遭兵火，室家散亡〔二〕，購得一子軍伍中，相與竭力生産，僅自給。屬繇役繁興，不堪迫辱，日益憤懣〔三〕成疾。以子粗達時務，委而出遊〔四〕，過嚴陵故舊，館焉，因娶劉氏〔五〕。其地與婺接，故常往來兩州間。積十四五年，指授館下生，粲然進于文學。性耿介，不以貧累人。所居産薪若炭，率秋暮，載至杭，易米卒歲。少裕，則資遊江海，訪前代故實，著家史〔六〕，補唐詩人無傳者三十餘篇，傳近世隱逸數篇。歲甲午，與杭人鄧牧相遇會稽，結爲方外友。牧罕讀古人著述，謂文章當出胸臆，自成一家。而君記問優贍〔七〕，必欲中古人繩墨乃已。所見不合，日夜論辨，互相詆。及見牧所爲文，乃起謝曰：「公不肯區區有所模擬，然法度高古，殆天才也。」牧因爲言：「杭大都會，文士輩出。予〔八〕知若干人，盍往見之？」旬日，别去。逮牧歸杭，君已挈家錢唐江上。問所從遊〔九〕者，皆前所聞者，其信好學也〔一〇〕。乙未秋，牧薄遊山水間，君病篤，望牧不至，懷以詩曰：「謝豹花開桑葉齊，戴勝芊生藥草肥，九鎖山人歸未歸。」蓋絶筆于斯〔一一〕。故同姓善之，新與君交最厚，哭其舍，累日爲著哀辭，東西州故人門生不遠數百里來吊，咸哭盡哀，奉喪去〔一二〕。先是，君買地釣臺下，將瘞朋友無歸者。至是，君瘞焉。君生不得志，閒居常有憂色，語聲甚微，鬱鬱不平之氣一宣于文，讀之使人悽愴，知其弗壽也。娟煢然無依，子遠在二千里外，存亡不相關，可謂窮矣〔一三〕。嚴陵士風厚，將有集君遺稿以傳後者，志且不没。牧歸，悲惋不已，誄曰：「上世之士，以文取顯耀〔一四〕，而君窮于文。痛哉皋父！痛哉皋父！」錢唐鄧牧著。

校勘記

〔一〕此篇嘉靖本未收。

〔二〕散亡，康熙本作「喪亡」，另有小字註：「喪」，坊本作「散」。

〔三〕憤懣，康熙本作「憤悶」。

〔四〕出遊，康熙本無「出」字，另有小字註：「遊」字上，坊本有「出」字。

〔五〕劉氏，弘治本、康熙本作「某氏」。

〔六〕家史，康熙本有小字註：「家」，坊本作「宋」。

〔七〕瞻，康熙本有小字註：「瞻」，舊本俱作「瞻」，非。

〔八〕予，弘治本、康熙本作「余」。

〔九〕從遊，康熙本作「從來」，另有小字註：「來」，坊本作「遊」。

〔一〇〕其信好學也，康熙本作「其好學，信也」；鄧牧伯牙琴作「其篤信好學也已」。

〔一一〕于斯，弘治本、康熙本作「於此」。

〔一二〕去，康熙本作「云」。

〔一三〕存亡不相關，可謂窮矣，弘治本、康熙本「相關」作「相聞」，「矣」作「已」。

〔一四〕顯耀，康熙本作「顯輝」，另有小字註：「輝」，坊本作「耀」。

謝處士傳

任士林

謝翱者，字皐羽，閩人也。父鑰，性至孝，喪母，行服廬墓，終身不仕。咸淳〔一〕初，翱試進士不中，慨然以古人〔二〕倡，作宋祖鐃歌鼓吹曲、騎吹曲上太常，樂工習之，人至今傳其詞。倜儻有大節〔三〕，嘗布衣杖策，參人軍事。未幾，善哭如唐衢，過姑蘇，望夫差之臺，慟哭終日；過勾越，行禹窆〔四〕間，北向哭；乘舟至鄞，過蛟門，登候潮山，感夫子間浮桴之嘆，則又哭；晚登子陵西臺，以竹如意擊石，歌招魂之詞，曰：「魂來兮何極，魂去兮江水黑。化爲朱鳥兮，有咮〔五〕焉食。」歌闋，竹石俱碎，失聲哭。何其情之悲也！所知淪没，碧血濺空〔六〕，山川池樹、雲嵐草木與所别處及其時適相類，則徘徊顧盻〔七〕，悲不自已。夫鳥獸喪其群匹，越月踰時，則必巡過其故鄉，翔回焉，鳴號焉，蹢躅焉，踟躕焉，然後乃能去之。若翺者，章皇山澤，惡夫淚之無從也。既客浦汭，往來桐廬，人翕然從翺學。所爲詩歌〔八〕，其稱小，其指大，其辭隱，其義顯，有風人之餘〔九〕，類唐人之卓卓者。尤善敘事，有良史材。作南史帝紀二十贊，采獨行、秦楚之際月表，所歷淛東西州山水〔一〇〕，必有游記。當天下廣大，足歷燕、魏、趙、代間遺事故蹟〔一一〕，且涉大瀛海外，盡識風物洪濛〔一二〕之初，度越子長矣。惜其悲鳴〔一三〕煩促，天性固然，其亡乎，其亡乎！士充充入矍相，持觶不去，憎聞翺，翺自若也。易曰：「浚恒，貞凶，无攸利。」

翺之謂乎。或曰：「伯夷、叔齊，何人也？」曰：「古之賢人也。」曰：「怨乎？」曰：「求仁而得仁，又何怨？屈平，非怨者耶？精神漂散，鬼語神詞，變幻不測。翺豈平伍耶？」初，翺亡恙時，得唐方干舊隱白雲村。建炎四年，江端友、吕居仁、朱翌〔一四〕諸賢，爲文祭臨水之神，避地于此。翺曰：「死必葬之。」作許劍録。逮疾革，語其妻劉氏〔一五〕：「我死，必以骨歸吴思齊、方鳳，葬我許劍之地〔一六〕。」二人果聞訃至，與方燾、方幼學、馮桂芳、翁登、翁衡奉骨葬如志。夫以死生託人，不爽皦日〔一七〕，信矣哉！其徒吴貴，買田月泉精舍，祠曰晞髮處士，歲時奉蒸嘗云。

贊曰：唐宰相董晉爲汴州，辟韓愈從事。愈激知己，稱隴西公而不姓。晉死，從裴度，度乃不引愈用。愈作吊田横文，以著其哀。若翺者夫，亦横之客也與。

校勘記

〔一〕咸淳，康熙本有小字註：「咸」字上，一本有「宋」字。

〔二〕古人，弘治本、嘉靖本、康熙本均作「古文」。

〔三〕有大節，弘治本、康熙本作「有節」。康熙本另有小字註：「節」字上，一本有「大」字。

〔四〕禹穸，康熙本有小字註：「穸」一本作「穴」。

〔五〕有味，弘治本、康熙本作「其味」。

〔六〕濺空，弘治本、康熙本作「游空」。康熙本另有小字註：「游」一本作「濺」。

〔七〕顧盼，弘治本、嘉靖本作「顧眄」。

〔八〕詩歌，嘉靖本作「歌詩」。康熙本有小字註：「詩歌」，一本作「歌詩」。

〔九〕之餘，康熙本作「之遺」，另有小字註：「遺」，刻本俱作「餘」。

〔一〇〕山水，嘉靖本作「佳山水」。康熙本有小字註：「州」字下，一本有「佳」字。

〔一一〕故蹟，弘治本、嘉靖本均作「故績」。

〔一二〕洪濛，弘治本、嘉靖本、康熙本均作「鴻濛」。

〔一三〕悲鳴，嘉靖本作「悲鳴」。康熙本有小字註：「鳴」一本作「鳴」。

〔一四〕朱翌，康熙本作「朱翼」。

〔一五〕康熙本「劉氏」后有「曰」字。

〔一六〕康熙本有小字註：一本此處小異。

〔一七〕噭日，弘治本作「噭白」。康熙本有小字註：「日」或作「白」，非。

謝翶傳〔一〕

胡　翰

謝翶，字皐羽，建寧人也。家故羸于財。父鑰，居喪哀毁，人稱其孝。宋咸淳初，翶試進士不第，慨然求諸古，以文章名家。元兵取宋，宋相文天祥亡走江上，逾海至閩，檄州郡，大舉勤王之師。翶傾家貲，率鄉兵數百人赴難，遂叅軍事。天祥轉戰閩廣，至潮陽被執。翶匿民間，流離久之，間行〔二〕抵勾越。勾越多閥閲故大族，而王監簿諸人方延致遊士，日以賦詠相娱樂。翺時出所長，諸公見者皆自以爲不及，不知其爲天祥客也。然終不自明，且念「久不去，人將虞我矣」，乃去而之越之南鄙，依浦陽江方鳳。時永康吴思齊亦依鳳居，三人無變志，又皆高年，遂俱客吴氏里中，得其餘日以自適，一不問當世事。翺嘗上會稽，循山左右，窺祐、思諸陵，西走吴會，東入鄞，過蛟門，臨大海，所至歔欷流涕。晚愛睦州山水，浮七里瀬，登嚴光釣臺，北向舉酒，以竹如意擊石，歌曰：「魂歸來兮何極，魂去兮關水黑。化爲朱鳥兮，有咮焉食。」歌已，失聲哭。人莫詰其誰何，惟鳳與思齊深悲之。初，江端友、呂居仁、朱翌避地白雲源。源故方干所居，在釣臺之南。翺率其徒遊焉，顧即此爲瘞地，作許劒録。及翺居錢唐，病革，語其妻劉曰：「我死，必以骨歸方鳳，瘞我許劒之地。」鳳聞訃，訖如其言。鳳字韶卿，由太學生授容州教授，治毛氏詩。陳宜中當國，禮下之，命其二子大登、小登受業〔三〕焉。同郡黄溍、柳貫皆出其門。好奬拔，士有一善，未嘗不與之進。思齊字子善，其學本之外史〔四〕陳亮，用蔭補官，攝嘉興丞，數以書干宋臣用事者。言賈似道母喪，不宜賜鹵簿。責文及翁顧忌，爭不力，猶不爭耳。又言御史俞浙以論謝堂去職，宰相附貴戚，塞言路，如朝廷何。思齊雖有寒疾耳聾，遇事不以勢移，不以貧屈，自號全歸子云。

嫣仲子曰〔五〕：翰少客浦陽，望仙華、寶掌諸山，從縉紳學者問翱時事，未嘗不喟然爲之太息，于是訪其論著之文。翱有晞髮集，鳳有巖南集，思齊有全歸集。三家者，惟翱集備焉。其辭隱，其指微〔六〕，大要類其行事。是時，元新有天下，士大夫于宋事多諱言之，鄞江任士林稱翱善哭如唐衢，豈其情哉，豈其情哉！

校勘記

〔一〕此篇弘治本未收。

〔二〕間行，嘉靖本作「行間」。

〔三〕受業，嘉靖本作「授業」，當誤。

〔四〕外史，嘉靖本、康熙本作「外祖」，當從之。

〔五〕是段嘉靖本無。

〔六〕其辭隱，其指微，康熙本「辭」作「詞」，「指」作「旨」。

謝翶傳〔一〕

宋濂

謝翶，字臯羽，福之長溪人，後徙建之浦城。父鑰，性至孝，居母喪，哀毁廬墓，終身不仕。通春秋，著春秋衍義、左氏辨證傳于時。翶世其學，試進士不中，落魄漳、泉二州，倜儻有大節。會丞相文天祥開府延平，長揖軍門，署諮議參軍，聲遷梁、楚間〔二〕。已，復別去。及宋亡，天祥被執以死，翱悲不能禁，隻影行浙水東，逢山川池榭、雲嵐草木與所別處及其時適相類，則徘徊顧盼，失聲痛哭〔三〕。嚴有子陵臺，孤絶千丈。時天凉風急，翱挾酒以登，設天祥主荒亭隅，再拜跪伏，酹畢，號而慟者三。復再拜起，悲思不可遏，乃以竹如意擊石，作楚歌招之，曰：「魂朝往兮何極，暮歸來兮關水黑。化爲朱鳥兮，有咮焉食。」歌闋，竹石俱碎，聞者爲傷之。然其志汗漫超越，浩不可禦，視世間事，無足當其意者。獨嗜佳山水，如鴈山、鼎湖、蛟門、候濤、沃洲、天姥、野霞、碧雞、四明、金華洞天，搜奇抉秘，所至即造遊録，持以誇人，若載七寶歸者。遊倦，輒憩浦陽江源及睦之白雲邨，尋隱者方鳳、吴思齊，晝夜吟詩不自休。其詩直遡盛唐而上，不作近代語，卓卓有風人之餘。文尤嶄拔峭勁，雷電恍惚出入風雨中。當其執筆時，瞑目遐思，身與天地俱忘。每語人曰：「用志不分，鬼神將避之。」其苦索多類此。婺、睦人士翕然從其學。前至元甲午，去家虎林，西湖上前代遺老尚多存者，咸自詫見翱晚。明年乙未，以肺疾作而死，年四十七。瀕死，屬其妻劉氏曰：「吾去鄉千里，交遊惟方韶卿、吴子善最親，不翅兄弟，慎收吾文及吾骨授之。」韶卿即鳳，子善即思齊。已而，鳳等果至，與方幼學、方燾、馮桂芳、翁登、登之弟衡，塟翱子陵臺南，以文稿殉，伐石表之曰謝翱墓。初，翱以朋友道喪，盡吴越無掛劒者，思合同志氏名作許劒録勒諸石，未就。復爲建許劒亭于墓右，從翱志也。翱無子，其徒吴貴祠之月泉書院云。翱好脩抱獨，刻厲憤激，直欲起古人從之游，不務諧于流俗，意所不顧，萬夫莫回也。每慕屈平，託興遠遊，自號晞髮子。遇談勝國事，輒悲嗚煩促，涕泗潸然下。士有苟志〔四〕而氣志得者，憎聞翱，翱自若也。所著手抄詩八卷，雜文二十卷，唐補傳一卷，南史補帝紀贊一卷，楚辭芳草圖譜一卷，宋鐃歌鼓吹曲、騎吹曲各一卷，睦州山水人物古跡記一卷，浦陽先民傳一卷，天地間集五卷，東坡夜雨句圖一卷，浙東西遊録九卷，

餘仿秦楚之際月表作獨行傳及左氏傳續辨、歷代詩譜，皆未完，所選唐韋、柳諸家詩及東都五體詩，不在集中。〔五〕

贊曰：翺一布衣耳，未嘗有爵位于朝，徒以被天祥之知，麻衣繩履，章皇山澤間，若無所容其身。使其都重禄，受社稷人民〔六〕之寄，其能死守封疆決矣！翺不負天祥，肯負國哉？翺蓋天下士〔七〕也！昔田横不降漢，拔劒自剄，客從死者〔八〕五百人。若翺之志，其有類横之客者非耶？吾聞之任先生云。

校勘記

〔一〕此篇弘治本未收。

〔二〕運，康熙本作「重」。此句另有小字註：「議」一作「事」，「重」一作「連」。編者按：運，即「動」，非「連」也。

〔三〕失聲痛哭，嘉靖本、康熙本作「失聲哭」。

〔四〕苟志，嘉靖本、康熙本作「苟合」。

〔五〕康熙本此處有「金華宋濂」四字。

〔六〕人民，嘉靖本、康熙本作「民人」。

〔七〕天下士，嘉靖本、康熙本作「天下之士」。

〔八〕客從死者，嘉靖本、康熙本作「客之從死者」。

謝君皐羽壙誌

吴謙

嚴子陵釣臺南岸，唐玄英先生白雲舊隱西一里，是爲晞髪處士謝君皐羽之墓。君諱翺，福之長溪人，徙建之浦城。曾祖景暉〔一〕，祖嘉，父鑰，母繆氏，秘書省正字烈之女。君襲春秋學，試有司不第，落魄泉、漳間。丞相信公開府，嘗署諮事叅軍。後遊浙东、西州，登釣臺慟哭公。復作許劒録，思集同好名氏，築亭立石，期衰暮無忘吴〔二〕季子意，且將度臺南爲文冢。異日，並玄英舊隱老焉。扁其〔三〕會友之所曰汐社，義取晚而有信。甲午，由鄞越寓杭。乙未春，來婺、睦，復如杭。秋八月壬子，以疾終于婦劉氏舍，距生年己酉四十有七。無子，友人吴君思齊等歸其骨，買臺南地爲兆域。越明年正月二十八日丁酉窆，以文稿殉，從初志也。君平居與同好情甚骨肉，而疾惡如讐。嗜佳山水，訪故老，所至滯留，類遊惰士，至論誦〔四〕編劌，輒忘寒暑饑渴。凡所著述，欲直追古人，不務諧一世，意所不顧，萬夫莫回也。「晞髮」，本楚詞，因以名其集。有詩八卷，文二十卷。憶君始至婺時，予〔五〕二兄尚無恙。仲兄命其孫貴受業，從者翕然。予家浦陽江水源，延吴君思齊、方君鳳，爲江源講經社，與君汐社合。予與君同年生，又相好也。門祚衰薄，頻年哭二兄，今又哭君。追念死生離合之故，何能無感愴于斯。遂伐石，志君年行，納諸壙，且俾貴于月泉精舍祠焉。吴謙謹誌。

校勘記

〔一〕景暉，弘治本、嘉靖本、康熙本均作「景曄」。
〔二〕「吳」字處，弘治本爲墨釘，嘉靖本爲空。
〔三〕扁其，弘治本作「馬其」；康熙本作「其」，另有小字註：「其」字上，一本有「扁」字。
〔四〕論誦，弘治本、嘉靖本、康熙本均作「講誦」。
〔五〕予，弘治本、嘉靖本、康熙本均作「余」。後同。

宋處士謝皋羽先生墓碑記〔一〕

鄧　椿

先生，宋之義士也。未仕，故以隱名。没而瘞此，幾三百年矣。世邈代更，文獻無考，卒瘞歲月俱不可知，惟孤冢堙漶于草莽間。故里豪傳稿者，輒躐其上而穴之。郡太守后峰楊公、節推玉泉吳公，慕〔二〕先生風誼，躬詣丘壠，誅茅展拜，目擊其狀，即逮而罪之，遂令贖鏹，立石以表墓道，蓋一舉而兩得也。欲垂示久遠，復捐俸礱石，亭碑墓側，命兩峰鄧子爲之記。按郡志，先生諱翶，字皋羽，閩建寧人。宋末，文天祥起勤王之師，翶參軍事。及天祥被執，翶匿民間，人不知其爲天祥客也。晚愛睦州山水，浮七里灘，登子陵臺〔三〕，北向舉酒，以竹如意擊石，歌曰：「魂歸來兮何極，魂去兮關水黑。化爲朱鳥兮，有噣焉食。」歌已，失聲哭，人莫詰其誰何，惟友人方鳳、吴思齊深悲之。釣臺南有白雲源，故方干所居。翶率其徒遊焉，願即此爲葬地，作許劒録。及卒，鳳等如言葬之。所著有晞髮集若干卷行于世。竊詳誌傳，徒撰其跡，而未得其心。宋室節義之臣，天祥爲冠，而豪傑舉事莫有大于勤王者。先生爲天祥客，而參其軍事，必志同道合始相爲謀。天若祚宋，天祥不執于五坡，固將大有爲矣，而肯爲民間之匿哉。予知隱非先生志也。清風高節，自漢而後，子陵一人，先生志弗獲伸，耻爲夷虜〔四〕，潔身遠引，舍陵誰歸。故棄親戚，捐墳墓，越數千里而投老于此地，雖玄英故居，心實慕陵風節而依附之也。誌乃謂晚愛睦州山水。夫睦固〔五〕有丁溪越嶂之奇，然先生計安社稷，而區區山水足嬰其情哉。況登臺北向之酹，擊石招魂之歌，詞旨悲壯，蓋痛憤其主之被執北去，故遙望以吊之，自不知哭之失聲也。友人之悲，亦悲其大志未遂，而豈以流落不偶惜之。使當時少易厥志，苟啚富貴，必通顯終身，不至遺孤冢于異鄉寂寞之境。然先生寧爲此不爲〔六〕彼，諒亦其衷自愛自安，青天白日，有不與草木同朽腐者在，而可以尋常窮達論之耶。夫始客天祥之門，生，得其主〔七〕也；終墓子陵之側，死，得其所也。若先生，真〔八〕有宋之完人矣，予猶有感焉。玄英没于唐，至宋，范文正公繪像祀之；先生没于元，至明，楊、吳二公立石表之。未究厥抱于當時，而各見重名公，均垂芳于異代，百年之後，遇亦奇矣。果潛德隱行，必久始彰，而天祐忠賢，其道〔九〕終不不爽與。雖然，玄英因舉進士不第，始隱，較諸以宋室存亡爲進退者，大不侔。後之評先生者，當伯仲子陵，而玄英非所擬也。若楊、吴二公表揚往哲，以風勵後人，則希文不得專其美矣。楊侯名金，當塗人，戊戌進士。吴侯名勳，歙人，丁酉鄉進士。治郡協恭，多善政。邑倅胡子鎮、劉子廷相、宋子宥，皆効勤匠石之役，而樂爲助者，例得附書。嘉靖癸丑，嚴陵鄧椿謹記。

校勘記

〔一〕此篇弘治本未收。處士，嘉靖本、康熙本作「隱士」。

〔二〕慕，嘉靖本、康熙本作「素欽」。

〔三〕子陵臺，嘉靖本、康熙本作「嚴光釣臺」。

〔四〕夷虜，康熙本作墨釘。

〔五〕康熙本無「固」字。

〔六〕不爲，嘉靖本、康熙本作「弗爲」。

〔七〕得其主，康熙本作「得其生」。

〔八〕真，康熙本作「其」。

〔九〕其道，康熙本作「吾道」。

宋處士謝皐羽先生墓碑記〔一〕

李紹賢

謝翺，字皐羽，閩之福寧人也。績學善文，業春秋，履舉進士不第。家故饒貲産，累萬金。會宋南渡，文文山開府延平，詣軍門長揖，署爲咨事叅軍。散萬金以給軍資。蓋路視君父者，一毛猶惜，萬金之擲，輕于飄羽，顧其愛願者，猶有重于萬金也。及文山死義，知宋事勢不可爲，胡元義不可事，遂棄鄉里，捐親戚，隻影走吴越。間登子陵臺，嘆曰：「睦州山水佳勝，可家也。」遂脱履焉，徜徉于水聲林影之間。或擊石悲歌，或倦游作賦，大抵慨知遇既顛，大憤不洩，託聲歌詞，響以寄其微。人亦莫知其爲文山門下士。尋以肺病卒，年纔四十七，後無血胤，纍土收骨，皆友人方韶卿、吴子善業其事。葬地名西邊灣，孤冢荒凉，已作平地。春秋麥飯，不上丘壠，豪室且獵其上而芻牧之矣。然豪傑之魄，千古猶靈。迨嘉靖癸丑，推嚴州事名吳勳者，暮泊釣臺，夢皐羽自訴名氏，求問埋骨舊所。吳公遂悉心蒐求，復其墓而壠之，建亭立碑，封土宜植，使忠髏義骨不驚飛塵者，吳公一夢首之也。所著有許劒録、春秋衍義、左氏辯證、晞髮子集，尤工于詩，直遡盛唐。每語人人曰：「用志不分，鬼神將避之，况覔句乎。」故吳越名流爭推結社。舊有集，今皆無傳焉。嗟乎，使北風之歌不作，則南枝之鳥可歸；黑龍之鱗早攀，則啼鵑之血同洒。即其肺腸，皭乎偉且烈矣。惜萬金饗士，進不得脩文成之業；桐水孤踪，隱而托子陵之高。然則睦州者，謝君之首陽乎。語曰：愛山水佳麗，非其志也。萬曆二年，桐廬縣令清江李紹賢撰。

校勘記

〔一〕此篇弘治本、嘉靖本、康熙本均未收。

晞髮集卷之九終

晞髮集卷之十

宋 長溪謝翱 著
明 邑令張蔚然、郡人徐㷂 訂
邑人郭鳴琳 校

附録〔一〕

宋遺民録序

程敏政

予嘗讀宋王鼎翁、謝皐羽、唐玉潛三子者之事而悲之，且名不著于史，而其平生著述，兵火以來，又多淪喪，獨其倡和稱述之間見于諸家别集中者猶可攷也。齋居之暇，因裒輯以傳，而附以其一時意氣相與之人，爲十二卷，題曰宋遺民録，序而藏之曰：

嗚乎甚哉！宋待士之厚而獲士之報如此也。江南北矣，帝子臣矣，勤王捍難之師相擄且死矣。而三子者皆布衣，爲文丞相客，初未始都高爵、享厚禄也，乃獨拳拳思宋之不置，或欲死其主于方生，以成其名；或欲生其主于既死，以暴其志；或欲存其廟食于既亡，續其王氣于已斷，以求盡此心而不負其主，天理民彝藉之以不泯焉。夫然後知宋貽謀之善而士厚報之，可以爲天下國家者鑒矣。靖康之末，忠臣義士死者接踵，又相與維持立國，至于百五十年之久。國亡主執，而猶有如文丞相者，挺然以其綱常之身，百折不屈，就死如歸，以明大義于天下後世，而三子者之志，于是誠可悲矣。至今言者，每以其名不載史爲恨然。予竊觀三子者之事，而得其心矣。方其運去物改之後，傍徨徙倚于殘山剩水間，孤憤激烈，悲鳴長號，若無所容其身者。苟可容，力就白刃以不辭。環而視之，非不自知其身滄海之一粟也，而綱常繫焉，故寧爲管寧、陶潛之貧賤而不悔者，誠有見夫天理民彝之不可泯也。然跡其平生，則亦將求以不負此心而已，豈必人之己知也哉。而其志則已光耀研鍧于青天皎日之下，雖歷萬世，光景常新，不與海桑而俱化矣。固非若世之淺丈夫建尺寸之功，必待銘之鼎彝、刻之琬琰而後名可求也。由是觀之，夫三子者，豈以史之載不載者爲加損哉。區區孤陋，每摭拾其殘編斷簡而伏讀之，其言勁如風霆，煒如日星，而黍離、麥秀之感溢于言意之表，殊使人不能終篇。固以毛髮上指，涕泗交頤，如見其人于九京，凜有生氣，欲從之遊而不可得也。矧夫一時相與者，又皆悲歌慷慨之士，或倡和焉，或稱述焉，皆足以起人心之忠義，振末世之委靡。百代之下，讀其文，想其人，將必有任天理民彝之責于一身，而與之冥契神交于百代之上者矣。然則有天下國家者，可不鑒于此哉。編之末，復附以元主爲宋裔之説，一本諸故老之傳聞，紊之史傳登載，卓卓乎可以信後世而無疑，蓋又將以慰二三子者不忘宋之心于地下，而宋貽謀之善之報，亦于是乎見焉。

校勘記

〔一〕此卷「附録」，弘治本、嘉靖本、康熙本均未收，惟康熙本卷首收録吴萊宋鐃歌騎吹曲序及楊慎丹鉛總録二則。

跋西臺慟哭記

王禕

文信公忠義之盛，近世罕比。其英聲烈節，雖使亘萬世不朽，可也。謝翺先生，公門下士也。國既亡，而公亦死，傷悼激烈之情，每託于文詞以自見。于是西臺慟哭記作焉。太史公曰：「砥行立名者，非附青雲之士，惡能施于後世？」豈先生之謂乎！吾友張君丁，雅好古道，取先生所爲記，訂其歲月，演其旨意，而使之傳。其用心甚厚，又豈太史公所謂附驥尾而行益顯者耶。嗚乎，是其可傳也已！

宋鐃歌騎吹曲序〔一〕

吴萊

武夷謝翱，故廬陵文公客也。于是本其造基立極、親征遣將、東討西伐，作爲鐃歌、騎吹等曲。文句炫煌，音韻雄壯，如使〔二〕親在短蕭鼓吹間，斯亦足以盡孤臣孽子之心矣！嗚乎，尚何言哉！初，漢曲二十二篇，魏晉又〔三〕更造新曲十二篇，但頌國家功德，不言別事，大樂氏失職。唐柳宗元崎嶇龍城山谷之間，亦擬魏晉未及肆樂府。今翱又擬乎宗元者也。鐃歌，自日出至上之回，凡十二篇。騎吹曲，自親征至邸吏謁故主，凡十篇云。

校勘記

〔一〕本篇爲節選，康熙本卷首第二篇收録宋鐃歌騎吹曲序全文。

〔二〕如使，康熙本作「如使人」，當從之。

〔三〕又，康熙本作「人」。

丹鉛總録〔一〕

楊　慎

謝皋羽爲宋末詩人之冠。其學李賀歌詩，入其室而不蹈其語，比之楊鐵厓蓋十倍矣。小絶句如「牽牛秋正中，海白夜疑曙。野風吹空巢，波濤在孤樹」，絶妙可傳。郊島不能過也。〔二〕

謝皋羽晞髮集，詩皆精緻奇峭，有唐人風，未可例于宋視之也。予尤愛其鴻門嚥一篇：「火雲屬地汗流宇〔三〕，杯影龍蛇分漢楚。楚人起舞本爲楚，中有楚人爲漢舞。䴙鵜無光〔四〕雌不語，楚國孤臣泣俘虜。君看楚舞如楚何，楚舞未終聞楚歌。」此詩雖使李賀復生，亦當心服。李賀集中亦有鴻門噍一篇，不及此遠甚，可謂青出于藍矣。元楊廉夫樂府力追李賀，亦有此篇，愈不及皋羽矣。其他如短歌行：「秦淮没日如没鶻，白波搖空溼弦月。舟人倚櫂商聲發，洞庭脱木如脱髮。」建業水云：「太白入月魚腦減，武昌城頭鼓紞紞。」海上曲云：「水花生雲起如葑，神龍下宿藕絲孔。」明河篇云：「牽牛夜入明河道，淚滴相思作秋草。婺女城頭玩月華，星君冢上無啼鳥。」俠客吴歌云：「潮動西風吹牡荆，離歌入夜斗西傾。佽飛廟下蛇含草，青拭吴鉤入匣鳴。」〔五〕律詩如：「驛花殘楚水，烽火到交州」「夜氣浮秋井，陰花冷碧田」「山鬼下茅屋，野雞啼苧蘿」「戍近風鳴柝，江空雨送舩」「鄰逋燈下索，鄉夢戍邊回」「柴關當太白，藥氣近樵青」「暗光珠母徙，秋影石花消」「下方聞夕磬，南斗掛秋河」，雖未足望開元、天寶之藩墻，而可以據長慶、寶曆之上座矣。集多臯羽手抄，濕字多作溼，蓋從古「溼」字〔六〕之省。史子堅隸格載漢碑有此字，觀者弗識，或改爲「沄」，非。

校勘記

〔一〕康熙本卷首「名家評論」，收録「丹鉛總録二則」，作者題爲「新都楊慎」。

〔二〕此段，康熙本置於第二則。

〔三〕火雲屬地汗流宇，康熙本作「天雲屬地汙流宇」。

〔四〕無光，康熙本作「淬光」。

〔五〕康熙本此處有：「效孟郊體云：牽牛秋正中，海白夜疑曙。野風吹空巢，波濤在孤樹。」

〔六〕古「溼」字，康熙本作「古字『溼』」。

麓堂詩話

李東陽

元季國初，東南人士重詩社，每一有力者爲主，聘詩人爲考官。隔歲，封題于諸郡之能詩者，期以明春集卷私試，開榜次名，仍刻其優者，畧如科舉之法。今世所傳惟浦江吳氏月泉吟社，謝翺爲考官，春日田園雜興爲題，取羅公福爲首。所刻詩以平和温厚爲主，無甚警拔，而卷中亦無能過之者，蓋一時所尚如此。聞此等集尚有存者，然未及見也。

榕陰新檢

徐㶿

謝臯羽，吾閩之福安人。所著晞髮集，奇語叠出。楊用脩以爲宋末詩人之冠，摘其佳句，猶未盡也。如「雨青餘化血，林黑見歸魂」「越樹夜啼鳥，禹陵冬落花」「積葉吳宫冷，吟猿顧渚秋」「杉影動寒水，夕陽藏半峰」，又如「烏栖鳥啼宫燭秋，越女入宫吳女愁」「陰風吹雪月墜地，幾人不得揚州死」「蒼苔染根烟雨泣，歲久游魂化爲碧」「莓苔鎖窓居鬼神，散髮天衣夜行酒」「人間青烟溼塵輕，藥臼嵯峩壓天夢」等句，當令長吉避席矣。

福寧州志　　游　朴

謝翺，字皐羽，福安人，鑰之子，徙居建之浦城。弱冠試不第，落魄漳、泉間。會文天祥開府，杖策詣之，署諮事条軍。及文丞相死，遂徬徨山澤，長往不返，懷賢憤世，遍遊名山大川，所至輒長歌慟哭。與杭人鄧牧相遇會稽，結爲方外友。名會所曰汐社，期晚而信也。嘗爲許劒録。慕屈原懷郢都，續離騷二十五篇，託興遠遊，以「晞髮」自命。嘗作文塚，欲瘞所爲文，壅嚴陵許劒之地。其徒吳貴，買田月泉精舍，祠曰晞髮處士，時奉蒸嘗。有晞髮集行世。其友方鳳、吳謙爲志狀。太史宋濂爲傳。

浙江通志

薛應旂

謝翺，字皐羽，福之長溪人，徙浦城。倜儻有大節，刻厲憤激，不混流俗，意所不顧，雖萬夫莫回。每慕屈平，託興遠遊，因號晞髮子。宋亡，文天祥被執，翺悲不能禁。有嚴子陵臺孤絶千尺，時天凉風急，挾酒登之，設天祥主，跪酹號慟，取竹如意擊石，作楚歌招之。歌闋，竹石俱碎。其志益汗漫，浩不可禦，視世間無足當其意者。獨好佳山水，遇即恣游，倦輒訪隱流方鳳、吳思齊輩歌吟取適。至元甲午，來家西湖上。明年乙未没，年四十七。臨没，囑其家曰：「慎收吾骨，與韶卿、子善。」已而，鳳與思齊果至，與方幼學埜之子陵臺南。

宋學士集

宋　濂

濂遊浦陽仙華山，問吳思齊舊游處，見其石壁題名尚隱隱可辨。故老云：「思齊與方鳳、謝翺無月不遊。遊輒連日夜，或酒酣氣鬱時，每扶携望天末，慟哭至失聲而後返。」夫以氣節不群之士相遇于殘山剩水間，奈之何而弗悲。若思齊者，其知事君不以存亡異其心者歟！

東越文苑

陳鳴鶴

謝翺，字皋羽，福安謝鑰之子也。鑰，字君啓，習于春秋，著春秋衍義十卷、左氏辨證六卷。翺爲人雅好山水，所至即選勝周覽吟詩，徹于晝夜。當其執筆時，瞑目遐思，身與天地俱忘也。咸淳初，試進士不第。作宋祖鐃歌曲，太常樂工肄習之。于是丞相文天祥聞其名，辟爲叅軍。及宋亡，天祥死之，翺携酒上子陵釣臺，設天祥主于庭隅，再拜伏酹，慟哭者三，以竹如意擊石，作楚歌招之。天下既亂，翺家散亡無種，翺乃脱身，游延、建、漳、泉間，皆亡所遇。既而復遊臨安，過故宫，不勝凄楚，作詩四章，吟罷伏地，哭極哀，聞者皆哭。居有頃，去游姑蘇，登夫差臺，慟哭終日。反游勾越，探禹穴，又北向哭終日。遂定居于桐廬。嘗以秋暮載薪炭至杭州易米爲食，稍裕即罷，不復載。翺之居桐廬也，東南諸公之爲詩者多受于翺。及翺卒，無子，友人方鳳，弟子吴思齊、方幼學葬之子陵臺南，魂魄不愧于子陵也。其後，弟子吴貴買田月泉精舍奉嘗焉，祠曰晞髮處士。處士有集百餘卷，皆散逸，獨晞髮集行于世。

詩藪

胡應麟

宋末盛傳謝皐羽歌行，雖奇邃精工，備極人力，大槩李長吉錦囊中物耳。林德暘七言古不多見，而合處勁逸雄邁，視謝不啻過之。

程克勤所編宋遺民録，凡十一人：王鼎翁、謝皐羽、方韶卿、唐玉潛、林景熙、汪大有、龔聖予、張毅夫、吴子善、梁隆吉、鄭所南。鼎翁嘗爲文生，祭文信國。毅夫，即函致信國首者。聖予爲文、陸二公作傳，而汪嘗以琹訪信國獄中。梁、鄭皆義不仕元。方、吴二子，並吾婺人，與謝翱善。翱慟哭西臺，實相倡和。景熙、玉潛收故主遺骨，世所共知。諸人率工文詞，不但氣節之美。今林、謝詩集尚傳，汪、鄭二子詩附見集中，咸足諷詠然。同時，劉會孟、黄東發亦以宋遺民不仕元，學行尤卓卓云。

福寧州新志

殷之輅

宋謝翱，字皋羽，鑰之子。咸淳初，試進士不第，落魄漳、泉間。會元兵南下，文丞相天祥走海上。至閩，檄州郡，大舉勤王。翱傾家貲，率鄉兵數百人赴難，遂糸軍事。丞相轉戰閩廣，至潮陽被執。翱匿民間，流離久之，間行抵勾越。王監簿方延致游士，日以賦咏相娱。翱時出所長，諸賢豪見者皆内遜，不知爲天祥客也。然終不自明，更念久不去，人將跡我，乃去而之浦陽，依方鳳，與永康吳思齊善。翱嘗上會稽，窺祐、思諸陵，輒哭；登姑蘇臺，哭；嚴有子陵臺，翱挾酒以登，設天祥主荒亭隅，拜伏酹畢，又哭。語具西臺慟哭記中。宋遺民會稽唐珏瘞諸陵骨于蘭亭山，種冬青樹爲記。翱實與其事，嘗作冬青樹引，聞者莫不洒泣。至元甲午，去武林，前代遺老多存者，咸自詑見翱晚。明年乙未，以肺疾作而死，年四十七。方鳳等葬翱子陵臺南，以文稿殉，墓右建許劒亭。其徒吳貴買田月泉書院祠之，祠曰晞髮處士。有許劒録、晞髮集、續騷經二十五篇。其友方鳳、吳謙爲志狀。太史宋濂有傳。

忠義録

王　蓂

謝翱以一布衣，宋亡，不忍背宋，徬徨窮山，守義而終。

風雅叢談

王應山

謝翶，字臯羽，閩之長溪人。蚤事科舉，學治春秋。咸淳初，試進士不第。作宋祖鐃吹曲、騎吹曲，上太常，樂工肄習之。嘗思捐軀殉國難，杖策之延平，粂丞相文天祥軍事。居建之浦城，落魄漳、泉間。後遊嚴陵，與鄧牧、方鳳輩爲方外友。會所曰汐社，期其晚而信也。如唐衢登姑蘇臺，慟哭終日。過勾越，探禹穴，又北向哭。晚登子陵西臺，吊文丞相，奠以牲醪，用竹如意擊石悲歌，作招魂之詞。歌闋，放聲大哭，竹石俱碎。所爲詩，自三百而下，卓卓乎入唐人門徑。集以「晞髮」自命，神詞鬼語，變幻不測，蓋屈平伍耶。初，翶無恙時，得唐方干舊隱白雲村，嘗言「死必葬之」，作許劒録。疾革，語其妻劉：「我死，以骨歸吳思齊、方鳳，葬我許劒之地。」方鳳狀其行，吳謙作壙誌，鄧牧爲傳。其徒吳貴買田月泉，歲時蒸嘗云。臯羽嘗作鴻門讌，楊用修極稱之：「李賀集亦有鴻門讌，不逮臯羽遠甚，可謂出藍逾青矣。」予家故藏晞髮集，隱几讀之，以爲陶彭澤流亞。覽其時事，知臯羽覃思益精，節亦良苦。集有西臺慟哭記，託之顔魯公。宋太史濂謂如韓愈祭田橫文，寄哀隴西公也。臯羽不辰，卒以客死，後昆孑然，千百載下誦其殘篇，誰非酸鼻者。鄭所南感時幽憤，有同情焉，予故附之臯羽。

建寧府志

楊垚

謝翺，字臯羽，福之長溪人，後徙浦城。家故贏放財〔一〕。試進士不第，以文章名家。宋相文天祥開府延平，檄州郡，大舉勤王。翺傾家貲，率鄉兵數百人赴難，遂条軍事。及宋亡，天祥死，走子陵臺，設天祥主，跪伏再拜，作楚歌招之，悲思慟哭不可遏。于是流離，匿民間，尋隱者方鳳、吴思齊，吟咏以自適，一不問當世事。至元甲午，去家錢塘。病革，語其妻劉氏曰：「吾去鄉千里，交游惟方韶卿、吴子善，可收吾骨及吾文授之，葬我于許劒之地。」

校勘記

〔一〕羸放財，疑作「羸於財」。

錢唐縣志

聶心湯

謝翱，字皐羽，福州人，自號晞髮子。至元末，家西湖上。聞文天祥被執，翱悲不能禁，失聲哭。桐江有子陵臺，孤絶千尺。時天凉風急，挾酒登其上，設天祥主，拜跪伏酹，作楚歌招之。獨好佳山水，遇即恣游。没，友人移柩葬子陵臺南。有文集二十卷行世。

福安學志

吴仕訓

謝翺，字皋羽，穆洋人，後徙浦城。父鑰，以孝稱，通春秋。翺世其業。咸淳初，舉進士不第，慨然以古文倡作，爲宋鐃歌鼓吹諸曲，上太常習之。會文天祥開府延平，翺散貲募數百人赴之，署諮事衆軍。後從文公轉戰，至五坡被執。翺匿潮陽民間，流離入浙，善歌善哭。過姑蘇臺，則哭；適會稽訪禹穴，則哭；乘舟過蛟門，登候潮山，則又哭。登子陵臺，設祭忠烈，日暮凉風，以竹如意擊石而爲楚歌，曰：「魂朝徃兮何極，暮歸來兮江水黑。化爲朱鳥兮，有咮焉食。」歌罷，竹石俱碎，聞者傷之。汗漫超越，寄懷山水，每遊必紀録以歸。與杭人鄧牧及浦陽方鳳結爲方外之友，名其會所爲汐社，期晚而信云。所著有史贊、圖譜十餘卷，許劍録及續騷二十五篇，自號晞髮處士，作塚瘞所爲文。既卒，友人方鳳輩爲葬于嚴陵釣臺之南。其徒吴貴建許劍亭，買田月泉精舍祀之。方鳳、吴謙爲志狀。宋濂、胡翰爲之傳。

唐珏傳

張孟兼

唐珏，字玉潛，會稽人也。至元戊寅，浮圖總統揚璉真伽，利宋殯宫金玉，故爲妖言惑主，聽發之。珏不忍陵寢之暴露，造石函六，刻紀年一，字爲號，自思陵以下，收貯遺骸，瘞蘭亭山後，上樹冬青樹爲識。有謝翱者，文丞相客也，與珏友善，嘗感珏事，爲作冬青樹引，語甚慘苦，讀者莫不灑泣。翱字皐羽，閩人，亦奇士云。

金華縣志

胡頌

謝翺，字皋羽，閩之長溪人，爲文天祥客。宋亡，天祥被執，翺變姓名入越。初寓浦陽方鳳、永康吳思齊家，來遊金華、赤松、鹿田三洞諸名勝間，因居焉。遇景輒有題詠，多黍離、麥秀之感。有晞髮集，讀者悲之。

西湖游覽志

田汝成

謝皋羽之自嚴適杭也，宋室遺老莫不就之，恨相見之晚。日在湖上對景賦詩，不勝黍離之想。有過故宮四絶。次年遂没。臨終謂其家：「慎收吾骨，與韶卿、子善。」謂睦人方鳳、吳思齊也。已而二人果至，與方幼學葬于子陵臺之南。其徒吳貴祠皋羽于月泉書院。

嚴州府志

徐　楚

義士晞髮謝翺墓，在釣臺南塢白雲源，與宋起居舍人范端臣墓相竝。友人方鳳題曰「宋處士謝皋羽之墓」。傍有許劒、汐社二亭。白雲源一名蘆茨源，重山插天，林麓茂盛，鄉民採薪爲炭，供數州烝爨之用。源口對釣臺。宋景祐中，范仲淹登臺，望東巖絶壁，白雲徐生問之，乃唐處士方干隱處也。

白雲圖序

徐尊生

下子陵臺，東塢爲白雲源，睦之勝處，唐處士方玄英先生居之。臺倚厓迫江，而是源也，逶迤廓深，東馳百里，以達于江，視臺爲邃。千載之下，聞者神生，游者意息。勝非因地，實由人也。宋季元初，粤人謝翶亦嘗寓隱于此。翶爲山水記，稱源之尤勝處，有白雲嶺焉。今方氏十九世孫安道，名其室曰「白雲」，又爲圖以著其詠，想庶幾前人之風者與。

金華洞天游録

錢　奎

仙華先生方公著金華洞天游録，紀序繁濫，不便觀誦。奎讀之而竊病焉，僭删其詞而爲集畧。己丑歲正月，謝翶皋羽、方鳳韶卿約遊金華洞天。辛卯，韶卿携子肖翁入邑，與皋羽及陳公舉帝臣會。壬辰拂曉，取道上樂，吳嗣孫續古約俱行。登山幾半里，至洞中。洞口俯視深處，乃暗穴，但聞潺潺水聲。束數炬，相後先若入井，然視水簾以下，復沉沉深黑，來遊者俱不敢入。皋羽毅然揚炬而前，韶卿、續古從之。愈入愈深，極底，有石室燥潔，曾遊者留題在焉。然不能深入，則不得盡其奇耳。是夕，歸宿鹿田寺。皋羽作鹿田聽雨記。既下山，韶卿、皋羽、續古、肖翁取虎頭巖下道而歸浦陽云。右記二千餘言，今只采皋羽事，餘文不録。

吳善夫哀辭後

黄 溍

元貞丙申秋，予游仙華寶掌間，因得拜先生浦陽。先生顧予喜曰：「吾二十年擇交江南，有友二人焉，曰方君韶父，曰謝君皋父。今皋父已矣，子乃能從吾遊乎？」予謝不敢。先生蓋予大父行也，時與畸人静者發奇探奇，以泄其羇孤感鬱之思，遇意所不釋，亦望天末流涕。其所居室，扁曰「愚隱」。先生自號全歸子云。

方先生集序

黄溍

先生没，百年之耆舊盡矣。先生有友二人，曰吴氏善父，曰謝氏臯父，素以風節行誼相高，而皆前先生死。先生諱鳳，字韶父，婺浦江人。

送吴良貴序

黄溍

異時，浦江方先生館同里吴氏。括吴先生善父、粤謝先生臯父咸在焉。二先生隱者，以風節行誼爲人所尊師。後進之士爭親炙之，而良貴有聞，于私淑爲多。三先生杖屨所臨，一言一笑，無非教也。

金華府志

周宗智

謝翺，字皐羽，閩浦城人。署文信公府咨事叅軍。宋亡，信公被執，遂變姓名，寓居浦陽方鳳及永康吴思齊家。間出遊金華、赤松、鹿田三洞，俱有著作。其詩即黍離、麥秀之響，其志即屈原、豫讓之忠。詳見方鳳、吴謙狀志。

謝翺，閩人，從文天祥起兵興復。兵敗，亡命浦陽，忠憤抑鬱，或被髮佯狂行歌于野，或登釣臺慟哭以酹天祥，已，又作楚歌，以招其魂。與吴思齊、方鳳三人皆以風節行誼爲人所師尊，而皆工爲詩，音調凄楚，往往比諸麥秀、黍離，于時浦陽之詩爲之一變。

月泉，在浦江縣西二里，源出仙華之下，其泉視月盈虚爲消長。宋政和間，縣令王霖構精舍于泉上。元改爲月泉書院，祀謝翺。

謝翺作鹿田聽雨記。方鳳作聽雨詩云：「禪栖投倦客，山雨起更闌。窓葉散幽響，石林生峭寒。洞深猶暗瀑，江遠忽風湍。想像雲蘿外，應宜曉色看。」鹿田，在金華縣北二十五里，上有沃野可耕，東、西二寺俱廢，今有二菴存焉。此山多生奇石。

謝翺冬青引識

彭　瑋

輟耕録載發宋諸陵事未備。謹按：元世祖二十一年甲申，楊璉真伽發陵。時義士唐珏、林景熙竊痛之，陰相躬拾不盡遺骨，别葬山中，植冬青樹爲識。遇寒食，則密祭之。珏後獲黄袍引兒報德之夢，果生子珙，爲名儒，羅雲溪爲傳其事。謝翺爲托廋詞，作冬青樹引，曰：「冬青樹，山南陲，九日靈禽居上枝。白衣種年星在尾，寅月也。根到九泉護龍髓。恒星晝隕夜不見，七度山南與鬼戰。願君此心慎勿移，此樹終有開花時。山南金粟光離離，白衣人拜地下起，靈禽啄粟枝上飛。」解者曰：「謂應在庚金竄甲木也。」胡運絶于甲辰，已開先于貞白之詩；宋鳥啄粟于甲木，又開先于晞髮之句。此豈偶然之作哉？輿鬼托枯骨之靈，靈禽托宋鳥之子，果天意耶？人事也？又按：元宋生年甲辰，紀元天曆。當時朝臣有引陶弘景胡笳曲「負扆飛天曆，終是甲辰君」之語，以爲受命之符，甲木之謂也。或問宋祚于邵子，邵子對以五更頭，蓋謂五庚申也。而元讖亦有曰：大元之後有庚申。而順帝以庚申生，纔六庚耳。貞白，弘景號。晞髮道人，謝翺也。成化己丑中秋，華亭彭瑋識。

浦城縣志

黎民範

天下之名山巨邑亦多矣，非經文人達士栖托其間，湮滅者何可勝數。故瀼西表于少陵，夜郎著于供奉，而徘徊隆中之區，感慨嘯吟梁父之烈。試觀臯羽顛沛，慕義三良，草昧策勳，雖遭遇各殊，而浦邑實其托宿之所。石韞玉而輝，淵含珠而媚，則地以人重，亦其常也。因紀寓賢。

遂昌雜録

鄭元祐

謝臯父先生諱翺，自號晞髮處士，讀書博學，宋季以古文知名。

執苑巵言　王世貞

南渡以後，陸務觀頗近蘇氏而麄，楊萬里、劉改之俱弗如也。謝皋羽見翹楚，鴻門行諸篇大有唐人之致。

五岳游草　王士性

釣臺者，漢嚴光隱處；白雲原，唐方雄飛隱處。其上有塚，則宋謝皋羽所慟哭而終焉者也。二子皆聞先生風，如梁伯鸞覓塋于要離之側。

客窻隨筆

趙世顯

謝皋羽哭文天祥，慷慨激烈。其過故宫四絶，千古而下，讀之尤令人酸鼻。

杭州府志

陳善

謝翺不墜家學，遐企古人，志意卓矣。乃其悲憤之衷，雅正之調，時時宣洩于詞翰篇咏間，彼豈流連光景者耶？

跋西臺慟哭記

張蔚然

子陵釣臺二，竝峙于七里瀨北涘。其上流近睦者爲西臺，下流爲東臺。屼峉干霄，頫瞰桐江，即費千尺緡，徒有羨魚情耳。故説者指富陽城外一片磯爲真垂綸處，以證富春山中釣蹟。至嚴瀨雙臺，謂取境幽奇逈絶，借爲標表，是耶，非耶。臯羽慟哭記多隱語。其稱唐魯公，豈比信公于真卿乎。曰宰相，則明指而幻之矣。過張睢陽及杲卿處，即實事亦影詞也。所云友人甲、乙、丙者，甲、丙意即方鳳、吴思齊，乙或即吕居仁，蓋釣臺南涘爲白雲源，是居仁避地處。記稱登岸宿乙家，豈即是與？不然，此哭即邏舟亦愳，使知他人安得輕與聞也。鳳著行狀，云「歲晚，爲文祭信公，望天末共哭。自是與予爲異姓兄弟，不忍離」，亦足徵矣。臯羽父名鑰，字君啓，其曰「先君諱某字某」，亦隱之也。其但稱明年、後幾年及歲在乙丑而不著年號，一秘其踪，一彷柴桑氏第書甲子之義也。其詩哭所思、哭所知，皆即信公也。夫西臺一哭，自足千古，志厲跡潛，行高言孫，鴻飛冥冥，安得矰羅，以視羊裘老子，似更上一格矣。

西園詩麈

張蔚然

在六朝無六朝習氣者，左太冲、陶彭澤也；在唐無唐習氣者，初唐陳拾遺，盛唐孟襄陽，中唐韋蘇州、韓昌黎，晚唐司空圖也；在宋無宋習氣者，謝皋羽也。此亦關于其人。蓋六朝之習靡，唐之習囂，宋之習萎。非其人有超焉者，曷以洗此？

高賢傳

徐熥

謝翶，字皋羽，福安人。咸淳初，試進士不第，作宋祖鐃歌曲，上太常，樂工習之，至今傳其詞。嘗參文信國軍事。及宋亡，信國被執死，挾酒登釣臺，設信國主，再拜伏酹，慟哭者三，以竹如意擊石，作楚歌招之。然其志汗漫超越，獨嗜佳山水，如雁山、鼎湖、蛟門、候潮、沃洲、天姥、野霞、碧雞、四明、金華，所至即造游。晝夜吟詩不休，直遡唐風，精鍊奇警，不作宋人陳言。文尤峭勁有法。當其執筆時，瞑目遐思，身俱天地俱忘，曰「用志不分，鬼神將避之」，故思益苦而句益工。嘗與鄧牧、方鳳爲方外友，扁會所曰汐社，期晚而信也。東南人士重詩社，每一有力者爲主，聘詩人爲考官，畧如科舉之法。浦江潛齋吳渭月泉吟社，實翶爲考官，以春日田園雜興爲題，首取杭清吟社羅公福，乃閩三山人。其詩名見重于時如此。年四十七卒，無子。瘞白雲村許劍之地，以詩文稿殉。楊太史用脩稱其詩如長吉復生，真實録也。後人並嚴羽目爲嚴謝兩先生云。

祭謝皐羽文

董應舉

萬曆甲寅秋八月初五日，鄉晚生董某，以赴吏部稽勳司郎中之任，便道嚴灘，拜嚴先生祠下，問于土人，得吾鄉皐羽謝先生瘞處，敬飛棹上謁。嗚呼！先生，故宋長溪一布衣也，痛胡元淪覆宗國，勉應丞相辟，爲佐軍謀。丞相敗而宋亡矣，先生哭至死。某讀先生集，以爲夷齊三千載下，惟先生一人耳。先生瘞處名白雲源，與釣臺對峙。嚴先生善釣，先生善哭，其節義亦相敵。嚴先生遭光武，漢至復完，故可以釣。先生遭宋季，社稷已屋，麥秀之悲愴于心目，故不得不哭。哭悲而鈞樂，亦其時然也。先生爲宗國死，爲故人死，死則死耳，骨則千載猶存。丞相柴市，先生雲源，忠魂義魄，貫日月而凌宇宙矣。某，先生之鄉後進也，雖官于朝，尚未有以報國，過先生墓下，戚戚于吾心焉。是以停舟敬謁，惟鑒而相其愚。

謝皋羽攷證

徐𤊹

予既校訂晞髮集，客有問于予：「翱爲文丞相咨事叅軍，丞相被執，翱匿民間，流離久之，間行抵勾越，人不知其爲天祥客也。丞相死，哭之不已。翱之報知己者，出于常情，萬萬獨不聞丞相有一言及翱，何耶？」予按宋史與丞相獄中自集杜詩：景炎元年五月朔，端宗即位于福州。七月四日，丞相自永嘉至南劍州開府，聚兵財，收復江西。計于時幕府選辟者，皆一時名士。

詩云："劍外青天远，江阁临石面。幕府盛才贤，意气今谁见。"斯時，正皋羽傾家貲，率鄉兵數百人赴難，署叅軍事。所謂幕府才賢者，指翱也。丞相又云："督機秘書謝杞，閩士之秀，空坑之敗，不知所終"。詩云："俊逸鮑叅軍，優游謝康樂。貙虎正縱横，南行道彌惡。"予考丞相空坑之敗，妻妾子女皆被執，謝杞不知所終，與謝翱吻合，第姓同而名稍異耳。豈遇難之後逃匿民間，欲人不知其爲天祥客，乃變其名曰翱耶？蓋父名鑰，從金；子名杞，從木，豈父子取五行命名耶？又按：翱舉進士不第，作宋祖鐃歌鼓吹曲上太常。丞相以太學名士鮑參軍目之，然則翱之見重于丞相，歷歷有徵矣。又考德祐、景炎之際，閩士以文學知名，舍翱而外，無别有所謂謝杞者。杞之爲翱，當是一人也。漫識以俟知者。

西臺慟哭詩

高　啓

越人謝翺，嘗爲宋丞相文山公之客。公死之十二年，登釣臺祭公以哭，自爲文識其哀，曰西臺慟哭記。東陽張兼持示求詩，僕感其誼，遂賦一首。

峩峩子陵臺，其下大江奔。何人此登高，慟哭白日昏。哀哉宋遺臣，舊客丞相門。丞相既死節，有身耻空存。北望萬里天，再拜奠酒尊。陰雲暮飛來，恍如載忠魂。所哭豈窮途，中抱千古寃。上悲宗周隕，下念國士恩。凄涼當世事，感慨平生言。空山誰知哀，惟有猴與猿。豈不畏衆驚，聲發不忍吞。人言天有耳，此哭寧不聞。願因長風還，吹此血淚痕。往墮燕山隅，一灑宿草根。田横去已遠，茲道不復論。作歌悼往事，庶使薄俗敦。

過謝皋羽墓

黃　溍

識子今無日，風流可復尋。山林餘楚製，弟子解閩音。滄海他年夢，青天後夜心。平生匣中劍，零落遂于今。

讀西臺慟哭記

何喬新

北風怒撼龍舟覆，十萬貔貅葬魚腹。廬陵魁輔死燕山，頸血化爲原草緑。當時門下多俊材，鳥散雲消那敢哭。裂冠毁冕彼何人，俯首穹廬食仇粟。轅門從事抱孤憤，芒屩潛行嚴瀨曲。肯隨留葉留夢炎、葉李。立新朝，甘與方吴方鳳、吴思齊。卧空谷。朔風直上千仞臺，采采溪毛薦寒渌。歌殘楚些招不來，蕭瑟寒飈振林木。仰天長哭天亦愁，山鬼驚啼猿躑躅。冬青樹下頻往還，淚眼摩挲望天目。鳳逝龍亡王氣消，日暮驚烏止誰屋。褰裳幾度濯江潯，尚恐胡塵涴吾足。帝曰巫陽汝下招，促駕青虬歸玉局。鐃歌騎吹世空傳，月表未成竟誰續。毅魄雖埋神不没，仙遊想在文山麓。相逢握手共欷歔，細論興亡淚如掬。浮雲倏忽風中燭，忠義千年有餘馥。巋然荒塚釣臺東，我欲乘風奠醽醁。

登釣臺尋謝皐羽墓

繆一鳳

獨向荒臺訪古丘，白雲芳草兩悠悠。可憐當日西臺淚，併作桐江日夜流。

吊謝皋羽墓　　劉元士

許劍白雲晞髮地，西臺東社照人明。至今竹石前山碎，猶帶當年善哭聲。

過謝皋羽葬處　　董應舉

釣臺南畔白雲源，皋羽當年許劍存。獨有首陽山上月，飛來夜夜照忠魂。

讀謝皋羽集二首　　崔世召

俠骨奇蹤世所稀，遺編讀罷泪沾衣。魂隨宋寢冬青樹，墓傍嚴陵古釣磯。天地祇餘身可漆，江湖何處髮堪晞。寄言精衛休填海，一哭西臺事已非。

又

平生一劍許難忘，慟哭高原夢未央。姓字短碑題百粵，悲歌長恨寄三湘。文拈太姥含光草，詩逼奚奴古錦囊。南國詞人君獨唱，少微千載拜寒芒。

弔謝皋羽七言古詩

郭鳴琳

嚴灘夜撼客星隕，野禽啣肉上枯樹。隣家閩音能越語，哭斷千山白雲暮。行吟散髮向日晞，欲歸不歸丁令威。落花黯黯魂空飛，似聞天外歌採薇。採薇歌聲出金石，一淚西臺一點血。孤竹地下從君遊，相逢莫話文山客。借君如意扣君歌，英雄失志柰若何。猶餘怒魄震天地，羅刹江頭湧白波。

晞髮集卷之十終

晞髮集跋

郭鳴琳

晞髮集，宋邑先正謝皋羽公悲憤所爲作也。先是，小子琳附纂邑乘，次皋羽傳，閱先達丁陽繆公裒刻晞髮集，三復詩文，未嘗不欷歔，慨然想尚其爲人者。皋羽生邑樟南坂，徙建浦。會文忠烈開府劍州，傾貲募壯士以應。及文北，牢騷勾越，章皇澤畔，不勝故宫黍離之愴焉。忠憤悲楚，泄諸咏歌，託「晞髮」自命。登陵臺，一擊一淚，慟哭至死。畸人節俠之概，其鬱惋忼烈有如此。我明宋公濂，賞其詩直遡盛唐而上，文尤嶄拔峭勁。至董銓部輓之，謂夷齊三千載下，惟先生一人。吁嗟！皋羽不直以文重，洵以人重矣。

武林張侯，海内真儒，出牧韓陽，潮郡吴先生，以東粤名家署鐸扆序，二公卓以文章德義表鵠，輒祭酒臯羽公。適晉安興公徐君，大家清品，有訂正善本，沿繆刻補拾而推廣之，互爲參覈，命琳分讐，以壽其傳。予小子于是有重慨焉。夫臯羽，一拓落布衣耳，正氣所塞，磅礴研鞫，至烏烏哽咽，千祀若生。琳王父大科公青衿，值己未倭變，捐金募毒箭手，躬爨餉守陴。及城陷，以抗戰唾賊死。寥寥數十載，人與骨已朽矣。觀風者竟録其人以死事祀，輾轉憑吊，豈英魂義魄亘今濯靈，抑忠義宇宙間，而民彝直道不容落落晦蝕者乎？兹刻也，承父師懿好，蓋蒐景行之芳，亦以寄永慕之悰云。

時萬曆歲次戊午季春既望，邑後學郭鳴琳時鏘跋。

資料補編卷上

近藁雜詩〔一〕

晞髮近藁小引

福唐黄坤五語余，晞髮集近世行本多遺漏，曾抄畜二十餘首，皆刻板所無，余聞之心往，恨其不携行笈得一見也。從子愚忠自苕上潘氏抄得晞髮近藁一帙，爲發狂喜。原集古詩大半，此多作近體，屈蟠沉鬱，吐茹奇艷，皆世所未覩，豈即黄春坊所謂與？然黄云二十餘首，而此編有五十首，數既不合，且此署晞髮道人近藁，當是末年未定殘草，别爲一卷，流傳人間，又非刻本零星遺漏比也。然則黄氏二十餘首，又不知何詩矣。惜春坊云亡，不得一質證之。此帙附天地間集十餘首，即皋羽所編當時諸公詩也。按本傳有二卷，此亦不完。書潘氏藏本爲陸子傅手蹟，有題識。子傅名師道，吳人。

校勘記

〔一〕宋詩鈔題作晞髮近藁鈔。

過杭州故宫二首

禾黍何人爲守閽，落花臺殿暗消魂。朝元閣下歸來燕，不見前頭鸚鵡言。

其二〔一〕

紫雲樓閣讌流霞，今日淒涼佛子家。殘照下山花霧散，萬年枝上挂袈裟。

校勘記

〔一〕宋詩鈔無「其二」。

重過二首

複道垂楊草欲交，武林無樹著凌霄。野猿引子移來住，覆盡花枝翡翠巢。

其二〔一〕

隔江風雨動諸陵，無主園池草自春。聞説就中誰最泣，女冠猶有舊宫人。

校勘記

〔一〕宋詩鈔無「其二」。

野望

心遊太古後，轉覺此生浮。天外知何物，山中著得愁。岸花低草色，潮水逆江流。消長盈虚裏，令人白盡頭。

無題

天風下黄葉，山樹挂綠簑。世情逐流水，東去無廻波。可與語人少，不成眠夜多。濕雲黏短髮，漂泊奈愁何。

春閨詞

手觸殘紅頭懶梳，香隨蝴蝶上衣裾。暖風吹睡無言語，又向牀頭看夢書。

四皓

冷却秦灰髩已翁，紫芝歌罷落花風。若教一出無遺恨，莫入留侯準儗中。

散髮

乾坤一楚囚，散髮向滄州。詩病多於馬，身閒不似鷗。因看東去水，都是夜來愁。晚意落花覺，殘枝香更幽。

友人自杭回建寄别三首

同來不同去，離别暗銷魂。閩浙若同水，扁舟送到門。

潮信到嚴瀨，水色過衢城。寄潮不寄水，潮去有回程。

水到衢城盡，梅花上嶺生。不如寄明月，步步送君行。

孤山

又冒晴絲向水涯，寒雲冉冉護巾紗。能知緑髩幾回至，欲作黄冠此處家。

已把掖垣等茅舍，不愁封禪對梅花。晚風吹袂過船去，看鶴上天衝碧霞。

雪

片片□何似，無根零亂花。任隨飛到處，不揀是誰家。縫密天如翳，檠深樹半斜。城中薪酒貴，羈旅若爲賒。

畫秦宫人

宫人字玉姜，秦時逃入山，是爲毛女。漢魏間，人猶見之。

結草爲衣類鶴翎，初來一味服黄精。宫鶯幾處啣花出，猶向山中認得聲。

織婦歎

待得蟁蠶繭上絲，織成送女去還歸。支機本是寒砧石，留取秋深自擣衣。

商人婦

抱兒來拜月，去日爾初生。已自滿三歲，無人問五行。孤燈寒杵石，殘夢遠鐘聲。夜夜鄰家女，吹簫到二更。

憶湖上

擾擾忽半月，征衣雜市塵〔一〕。頗疑湖上客，不是城中人。岸柳垂拂槳〔二〕，山雲泫濕巾。明朝在何處，相怪墮凡身。

校勘記

〔一〕市塵，宋詩鈔作「弔塵」。

〔二〕拂，宋詩鈔作墨釘。

悼古季清

典刑前一輩，言語尚風流。詩律縛不住，梅花惱得愁。雲烟今變滅，老病總宜休。喚醒菟裘夢，嚴城上雨秋〔一〕。

校勘記

〔一〕上雨秋，宋詩鈔作「山雨秋」。

臘梅

冷艷清香受雪知，雨中誰把蠟爲衣。蜜房做就花枝色，留得寒蜂宿不歸。

留别顧君際

萬里行可到，詩人吟到難。愁來時自語，寫出許誰看。月落望如失，山空坐更寒。此時多少意，欲别路漫漫。

後桂花引

修月仙人飯玉屑，瑶鴨騰騰何處熱。吳剛生愁樹合創，毫飄玉斧高枝折。此時待罪扣帝庭，素娥騎蟾涕淚零。月中落子如雨星，至今收拾無六丁。

吳山謁祠

吳山坊頂戴高祠，禁地淒涼江水悲。却是北人題記壁，迤南耆舊獨無詩。

雪後湖堤步歸

無求如有得，散策堤邊行〔一〕。山碧眼花亂，水寒毛孔生。窮冬疑有雨，一雪却成晴。勞謝天涯月，相隨步入城。

校勘記

〔一〕康熙本有小字注：「堤邊，一作遶堤。」

梅花二首〔一〕

春過江南問故家，孤根生夢半槎牙。到無香氣〔二〕飄成雪，未有葉來開盡花。

校勘記

〔一〕宋詩鈔無「二首」。

〔二〕康熙本有小字注：「氣，一作去。」

其二〔一〕

吹老單于月一痕，江南知是幾黄昏。水仙冷落瓊花死，秖有南枝尚返魂。

校勘記

〔一〕宋詩鈔無「其二」。

往姑蘇與友人別杭州

北闕〔一〕到吳會，烟草亦詩情。飲少但知價，行疎數問程。天陰月不死，江濶水能生。別後不得寐，相思還〔二〕二更。

校勘記

〔一〕北闕，康熙本作「北闕」。

〔二〕康熙本有小字注：「還，一作近。」

雪霽有感

夜長春度夢，門雪擁笆籬。不倚成山積，情知有霽時。日高簷自雨，氣上瓦如炊。風過梅花漫〔一〕，寒香只戀枝。

校勘記

〔一〕漫，宋詩鈔作「濕」。

山中道士

山中道士服朝霞，二十修行別故家。留客一杯清苦蜜，蜂房知是近梅花。

餘杭樵歌

樵斧丁丁響翠微，頳肩半脱汗身衣。因來避雨巖前洞，裹得山蜂和蜜歸。

書文山卷後

魂飛萬里程，天地隔幽明。死不從公死，生如無此生。丹心渾未化，碧血已先成。無處堪揮淚，吾今變姓名。

十年

忘卻寒溫語，相逢一揖休。十年只如此，今日若爲愁。月白夜亦晝，山寒春更秋。無情溪澗水，只是下灘流。

秋夜詞

愁生山外山，恨殺樹邊樹。隔斷秋月明，不使共一處。

除夜舟中遇雪

歲月安有限，利名心未灰。雪飛今夜止，潮去隔年來。交友窮中見，江山盡處回。家人誰念道，耳熱不因杯。

元旦舟中聽潮

東望拜潮水，無家在客船。一來仍一往，今日又今年。有信從天外，緣聲到枕邊。海門春樹暖，吹浪起晴烟。

鸕鷀步尋方元英故居

遺像雙臺下，結廬烟水傍。子孫今幾世，風雨半他鄉。山靜雲眠影，葉乾蟲食香。高名故相壓，吟苦不成章。

青蒻亭

青山何處似，疑是剡溪傍。採蒻無人到，生莎〔一〕滿逕荒。水交難辨色，花和不同香。歸路逢樵子，麻衣草結裳。

校勘記

〔一〕莎，宋詩鈔作「沙」。

題酒家壁

綠陰深處問天涯，黄鳥聲中見酒家。樹上猢猻〔一〕摘殘果，向來纔見是春花。

校勘記

〔一〕猢猻，宋詩鈔作「胡孫」。

正三立春

舟中隔歲話，偪仄信誰從。山帶去年雪，春來何處峰。移軍增野竈，落磧滅機春。明日金華洞，牧羊尋故蹤。

贈山中友

散策亂山雲，值此山林友。種松高及身，掃葉落隨手。斫盡松上枝，縛作山中帚。夜夜對西峯〔一〕，明月生户牖。

校勘記

〔一〕西峯，宋詩鈔作「西風」。

沙岸登舟

五里兒女步，虛沙映斷筇。雲支半山石，帆席上溪風。數雁憐身隻，聞鵑顧耳聾。市橋東半榻〔一〕，側影夕陽中。

校勘記

〔一〕東半榻，宋詩鈔作「東畔塔」。

僧房猗壁

松樹落釵股，曉行猶見燈。圓亭方井水，老寺少年僧。澗響夜疑雨，雲寒春欲冰〔一〕。山童錯相認，應道我來曾。

校勘記

〔一〕冰，宋詩鈔作「層」。

山居

宿火石中取，人烟隔斷霞。盜侵鄰壞粟，女寄外翁家。野樹刺生葉，枯松藤纏花。老翁頭未白，相對話天涯。

望仙都山二首

鼎湖只在柱峰上，地險山空不可家。山下人居五六月，天風吹雨碧荷花。

其二〔一〕

道人誦經半峰下，洞裏山神〔二〕不敢歸。我欲乘風到峰頂，擘翻荷葉作簑衣。

校勘記

〔一〕宋詩鈔無「其二」。

〔二〕康熙本有小字注：「神」，一作「人」。

疊山

礧磈復崔嵬，晴雲撥不開。鐘聞上界響，石自太湖來。靈草擣爲藥，寒松燼作煤。欲窮登覽興，未到已徘徊。

社前

無家借燕住，離别又經年。客館依山上，春分〔一〕到社前。雨來换宿水，雲起暗晴川。颯颯吹衣帶，因風問去船。

校勘記

〔一〕春分，宋詩鈔作「春風」。

艤舟江心寺

數聲清磬出晴暮，落木人家散烟霧。風送年年江上潮，白雲生根吹不去。

歲月

歲月記不得，曾行此處村。日欹眠石影，樹長食藤根。晚羨棲猿鳥，春來問子孫。勞生空可說，不是欲忘言。

霅女吟

罨畫溪頭斂翠眉，綠楊扶起又低垂。春風盡與花爲主，不解庭前百結枝。

文房四友歎

兵後，四友流落，有訪而得之者，則頂禿、足折、笏碎、幅裂。自秦以來，未見吾黨獲禍如此之慘者，是以爲之長太息云。

昆吾莫邪輕毛錐，平生故人皆引去。剡溪之晢絳色黔，獨與石君作一處。中書間起免冠謝，輒被溺冠仍嫚罵。見幾自愧後穆生，正恐髡舂不與赦。有時怒髮豎[一]相如，熟視蒙恬挽其鬢。泓尤淪棄敢自愛，老龜支牀息猶在。荆山風雨朝暮號，璞在吾懷足何罪。恨不雪耻酬諸姬，背水一戰漢爲池。楮生不改舊邊幅，三褫何但〔二〕高閣束。客卿騎項百折磨，猶恐玄能赤吾族。此時不平義重生，陽城裂麻欲死爭。平生國士立橋下，誓死守此漆身啞。

校勘記

〔一〕康熙本有小字注：「怒髮竪」，一作「竪髮怒」。

〔二〕康熙本有小字注：「但」，一作「待」。

秋社寄山中故人

燕子來時人送客，不堪離別淚沾衣。如今爲客秋風裏，更向人家送燕歸。

寄韶卿 見宋遺民録。〔一〕

莫因梅柳憶西湖，且守仙華小隱居。霜木絶憐諸老盡，雨燈動是十年踈。休官陶令長思友，陋巷嵇康懶報書。衣食有餘休浪出，我愁無地可耕漁。

校勘記

〔一〕此首宋詩鈔未收。

資料補編卷中

登西臺慟哭記註

浦陽張丁孟兼

登西臺慟哭記者，粤謝翺之所作也。宋丞相文信公值國亡，數起兵南服。翺，布衣也，倜儻有大志，會丞相開府時，杖策軍門，署以爲諮議叅軍。後丞相死，翺慟知己之不復，故登斯臺，以竹如意擊石，作楚歌招其魂。若其慟西臺，則慟乎丞相也；慟丞相，則慟乎宋之三百年也。西臺者，子陵之西臺也。始，翺哭於夫差之臺，勾踐之國，又於此升臺而哭者，亦登峴踐華之意。

始，故人唐宰相魯公，開府南服，予以布衣從戎。明年，别公漳水湄。按，文公丙子七月開督於南劍，時德祐二年也。公時年二十八。明年正月，文公引兵趨漳州，謀入衛，道阻不通。三月，入梅州。五月，兵出梅嶺。其别者，是年也。按，稱唐魯公而不姓者，猶韓愈稱董晉爲隴西公之類。後明年，公以事過張睢陽及顏杲卿所嘗往來處，悲歌慷慨，卒不負其言而從之遊。今其詩具在，可考也。按，戊寅十月，文公引兵至潮陽。十一月，兵潰被執，遂北徙留燕。至至元壬午，賜死。時年四十七。謂其悲歌慷慨，卒不負其言而從之遊者，蓋指其題詩張睢陽廟也。予恨死無以藉手見公，而獨記別時語，每一動念，即於夢中尋之。或山水池榭，雲嵐草木，與所別處及其時適相類，則徘徊顧眄，悲不敢泣。又後三年，過姑蘇。姑蘇，公初開府舊治也，望夫差之臺而始哭公焉。按，乙亥，文公募兵於贛州，後守吳門，除江浙制置使，知平江府。公過姑蘇而哭也，在乙酉之歲，時年三十七，乃落魄吳楚間，始有屈平遠遊之志，而其志誠可哀已。又按，公祭文云，章貢之别，言猶在耳，水寒天空，老淚如霰。其間以記別時語而不忘可知已。夫差臺在州治之西。又後四年，而哭之於越臺。此丙戌年也。按，行述謂公是年過勾越，行禹窆間，北鄉而泣焉，時有冬青樹引別唐珏玉潛云。又後五年及今，而哭於子陵之臺。按，乙丑年。公從先君鑰登臺，時年始十七。後，丁亥，公復過而哭焉，謂今者在庚寅之冬，時年四十二矣。公之所以必記其年者，蓋不忘其先後本末之事焉。先是一日，與友人甲、乙若丙，約越宿而集。午，雨未止，買榜江涘。登岸，謁子陵祠，憩祠旁僧舍，毁垣枯甃，如入墟墓。還，與榜人治祭具。須臾，雨止，登西臺，設主於荒亭隅，再拜跪伏。祝畢，號而慟者三，復再拜起。按，友人甲乙若丙者，意爲吴思齊、馮桂芳、翁衡也。今雖不知其然，惟三人同登時詩可攷見也。三人者皆知公之心，故與之俱而北。其名者隱之之辭，號慟者三，蓋節之以禮也。又念予弱冠時，往來必謁拜祠下。其始至也，侍先君焉。今予且老，江山人物，睠焉若失。復東望，泣拜不已。有雲從西南來，渰浥浡鬱，氣薄林木，若相助以悲者。江山人物睠焉若失云者，其乃痛宗社之隕絶乎。謂昔從先君及有雲西南來云者，其乃念家邑喪亡而思親之不可見乎。乃以竹如意擊石，作楚歌招之，曰：「魂朝往兮何極，莫歸來兮關水黑。化爲朱鳥兮，有咮焉食。」歌闋，竹石俱碎。古之人有遭讒迸逐者，或閔其魂魄離散而不復還，故爲辭哀之。其人未嘗死也。杜甫「剪紙招我魂」正此類也。然文公既死，而公以歌招之者，其有得於古道焉。蓋公雖哀而不過乎傷，而傷之在彼，是皆至情惻怛，得情性之正，非若婦人慟而已。按，朱鳥，南方宿也。咮，鳥首也。春秋傳：「古之火正，或食於咮，故咮謂之鶉火。」而火正配食於火星者，以其於火者有功故也。蓋宋以火德王而繫於南，化云者，以其雖化，而化必於南。文公有功於宋，猶星有功於火也。亦以朱鳥配於宋焉。其友方鳳過公墓，有詩懷之，「朱鳥食何向」正謂此也。歌闋，竹石俱碎，蓋哀之深而不自知也。於是相向感喟。復登東臺，撫蒼石，還憩於榜中。榜人始驚予哭，相向者，與客相向而悲也。喟，嘆聲，其或有感而嘆也。東臺去西臺若干步。云：「適有邏舟之過也，盍移諸。」遂移榜中流，舉酒相屬，各爲詩以寄所思。薄暮，雪作風凜，不可留。登岸，宿乙家，夜復賦詩懷古。云邏舟者，巡舟也。移榜中流，舉酒相屬，爲詩寄所思者，蓋哭始歇而悲之未忘也，亦性情之正而不爲事物所移，所感之心始終如一，不少變而愈深，此君子之心忠厚之至也。至於雪作風凜，雖不可留，又且登岸宿乙家，復賦詩懷古，其於登臺之心則一而已。斯可見公不忘之意也哉。明日，益風雪，別甲於江，予與丙獨歸。行三十里，又越宿乃至。其後，甲以書及別時來言：「是日風帆怒駛，逾久而後濟。既濟，疑有神陰相以著茲遊之偉。」予曰：「嗚呼！阮步兵死，空山無哭聲，且千年矣。若神之助，固不可知，然茲遊亦良偉。其爲文詞因以達意，亦誠可悲已。」明日者，登臺之明日也。別甲者，別思齊於江也。與丙獨歸者，與桂芳而歸。又明日至其居也，甲後書來，謂風帆怒駛，蓋甲與公同氣，其所見者響應若是，非真有神之助也。蓋公之至情達乎中正而若有見焉，其君嵩悽愴之著也如此。按，嘆息，謂阮步兵者，此特援比其哭之一辭，若公者又非其比矣。予嘗欲倣太史公著季漢月表，如秦楚之際，今人不有知予心，後之人必有知予者。於此宜得書，故紀之以附季漢事後。時先君登臺後二十六年也。先君諱某，字某，登臺之歲在乙丑云。按，公行述謂多所著書，如季漢月表，皆採獨行倣秦楚之際，予未得而盡見也。登臺後二十六年者，在庚寅之冬，其後六年，公卒於杭，思齊、方鳳竟往杭，買舟載棺至釣臺而葬焉。其後，會稽楊先生維楨爲文以哀之，而刻之墓上，仍題其墓曰「粤謝翺墓」，蓋從其初志焉。予謹按，文公死年四十有七，今公之死也如之。嗚呼，惜哉。

箕子痛殷亡，過故墟而欲泣焉，以爲近於婦人，乃作麥秀之詩，以歌詠之。歌詠者，憂宗社之音也。今翺之痛哭西臺也，又豈異於箕子與？且翺在勝國時，無祿位之寄，及運窮物改，而能慟夫知己以及於國，跡之異於箕子也。然則居箕子之位者，乃反不見其歌，而亦不見其慟也，其本心宜何如哉。百世之下，秉貞尚義，以能發乎中心之憤憤者，非翺其誰歟！予後翺之生，於是忘其愚陋，本諸遺意，以詳釋其記，使後世知有箕子之歌於前，而有翺之慟乎後也。雖然，若翺果未可以喻於箕子也，吾獨惜翺之時有箕子之位者，而無翺之慟也。後之秉史筆者，尚庸攷於斯。清河張丁識。

子陵臺荒，寒壓江水，過者恒覽古賦詩，未聞於此野哭者，而翺也於此野哭，蓋不獨異於今之人也。鳳讀其所爲文詞，竊以不及與於斯哭爲恨。或者他日得携手相與大笑，胡盧絶倒於斯臺之上。由百世之下觀之，詎謂哭者之非笑、笑者之非哭也。東陽方鳳。

冬青樹引註

浦陽張丁孟兼

冬青樹引者，宋文丞相軍門諮事叅軍謝翺之所作也。宋葴宫在會稽境内，元楊揔統欲利其金玉，以宋王氣在是，矯詔發之。當是時，山陰唐珏見諸陵已發，廼策暮夜使人收貯遺骸骨，葬蘭亭之山，種冬青樹爲識。翺，珏之故人也，至元丙戌入越，嘗登越臺慟哭丞相，故時有斯作焉。自古忠臣義士所見略同，若唐、謝之爲，豈易所謂同聲相應者耶。

冬青樹，山南陲，九日靈禽居上枝。山南陲者，山之南邊也。九日者，湯谷上有扶木，九日居上枝，一日居下枝。昔羿射日，中其九日，九烏皆墮，惟一日焉。靈禽者，烏也。烏者，陽精也。精爲魂，今九日居上枝者，魂升其上也。日者，君之象也。**知君種年星在尾，根到九泉護龍髓。**按，至元丙子，元兵入錢塘。厥後，楊揔統易宋内爲諸浮圖，造白塔於興元寺，徙置諸陵遺骨及天下民籍户口。其曰星在尾者，歲在寅也。猶唐薛仁貴爲吐渾所敗，嘆歲在庚午，星在降婁之類。以今所言，其必有不利于時者矣。**恒星晝隕夜不見，七度山南與鬼戰。**恒星者，常見之星。隋天文志：恒星者，在位人君之象也。夜不見，猶春秋傳曰夜食之類。七度，未詳。山南，已見上。與鬼戰，未詳。**願君此心無所移，此樹終有開花時。山南金粟見離離，白衣人拜樹下起，靈禽啄粟枝上飛。**金粟，山名。昔唐玄宗至睿宗之陵，見金粟山岡有龍蟠鳳翥之勢，謂近臣曰：「吾千秋萬歲後，宜葬此。」今宋陵寢既獲安矣，故援以比爾。離離，多貌，言其陵之多也。白衣者，衣以白衣也。昔燕丹送荆軻易水上，賓客知其事者，皆白衣冠，況其有君臣之義乎。靈禽，即烏也。杜甫拜蜀烏之魂者，良有是乎。

予既註皐羽登西臺慟哭記，又以此詩讀者未易通其詞旨，故爲之疏，以便參攷而自質焉。適文獻黄先生之門人傅藻氏以書來，謂聞之文獻者曰：「楊總統初欲利殯宫之金玉，故爲妖言以惑主聽而發之。越中王修竹，一日出金帛與諸惡少，衆皆驚怖而請曰：『平日且不敢見，今乃有賜，不審欲何爲，雖死不敢避。』因徐謂曰：『爾輩皆宋人也，吾不忍陵寢之暴露，已造石函六，刻紀年一字爲號，自思陵以下欲隨號收殯爾。』衆皆諾，遂夜往收貯遺骸骨而葬，上種冬青樹爲識，此歌詩之所爲作也。」其説如此。予以舊註頗有異同，亦既以書致鄙見於傅君矣，故未即以舊聞非是而未加改定，姑録一通寄傅，且書來言於此，以問該洽者，庶幾予言或可再正而未晚也。丙午正月十日，張丁識。

浦陽張君孟兼，取閩人謝翺爲宋丞相文公所作西臺慟哭記，詳疏其文，復取其至越中所作冬青樹引，并疏之於卷末，且以窆宋遺骸事爲唐珏及王修竹而疑其異同。予謹按，郡先生霽山林君，當宋亡時，忠義耿耿，有南山有嘉樹及商婦怨等詩，見所著集中。嘗與唐珏收宋遺骸於山陰，種冬青樹其上，刻誌有「丙之年，子之月，冬青花，不可説」之句，蓋先生乃王修竹門客，先生與珏所爲，王蓋與知之矣。夫謝翺在文公之門，傳公者曾不及翺，非張君，茲述殆泯滅不傳。今書珏之事，而霽山林君不與焉，豈非闕乎？予因併識其事以釋君之疑，且以副君好古博雅之盛心云。洪武五年二月十九日，孔希普識。

西臺慟哭記註〔一〕

姚江黄宗羲

崇禎戊寅歲，讀西臺慟哭記，其中多忌諱隱語，信筆註釋，猶未見張孟兼註也。已而見之，所云甲乙若丙之人都無確據，因爲辨證。豈知是後七年而所遇之境地一如皋羽乎，則此註不可不謂之識也。

始，故人唐宰相魯公，開府南服，余以布衣從戎。方鳳云：「丞相信公開府，先生杖策詣公，署諮事參軍，其署見西臺慟哭記。」其稱唐宰相者，託言前朝。稱魯公者，周文公封魯，故言文公爲魯公也。景炎元年丙子七月，公以樞密使同都督諸路軍馬至南劍，十一月入汀州，所謂開府南服也。是歲，皋父年二十八。○張丁曰：「稱唐魯公而不姓者，猶韓愈稱董晉爲隴西公之類。」徐贊民曰：「先子手鈔謝皋羽詩文一編，其慟哭記稱宰相信公，不稱故人唐宰相魯公。」明年，別公漳水湄。景炎二年正月，公移屯漳州龍巖縣；三月，至梅州。皋父別公，在是歲之春。後明年，公以事過張睢陽及顏杲卿所嘗往來處，悲歌慷慨，卒不負其言而從之遊。今其詩具在，可考也。祥興元年己卯，皋父別公後二年也，公已被執。九月，北行，有弔顏杲卿詩云：「常山義旗奮，范陽哽喉咽。□□一狼狽，六飛入西川。哥舒降且拜，公舌膏戈鋋。人世誰不死，公死千萬年。」睢陽詩云：「起師哭玄元，義氣震天地。百戰奮雄姿，爨妾士揮淚。睢陽水東流，雙廟垂百世。」當時，令狐潮乃爲賊遊説。公被執，而爲「以事」者，忌諱之辭。○危素曰：「過張睢陽所嘗往來處，此蓋題信之永豐，睢陽廟非嘗所往來處也。」羲按，鉛山縣南二十里，有睢陽廟，蓋當時名永豐也。危意以公所過者在此。然記言別公「後明年」，則是執後之過，非平日之過明矣。其詩在指南後録發建康以後，又豈永豐之廟哉。危爲「以事」二字所誤。余恨死無以藉手見公，而獨記別時語，每一動念，即于夢中尋之。或山水池榭，雲嵐艸木，與所別之處及其時適相類，則徘徊顧眄，悲不敢泣。又後三年，過姑蘇。姑蘇，公初開府舊治也。德祐乙亥九月，公除浙西江東制置使，兼江西安撫大使，知平江府事。望夫差之臺而始哭公焉。是歲癸未，臯父年三十五。公自壬午十二月初九日，有柴市之變，故每遇諱日，臯父必集同志於名臺，野祭其下。越臺、西臺皆是也。○張丁以爲是歲在乙酉，不知何據。其後越臺之哭，丁亦云丙戌，則是後一年矣。記言「後四年」，丁説非也。又後四年，而哭之于越臺。是歲丙戌，有別唐玉潛冬青樹引。時臯父年三十八，林霽山酬臯父見寄詩云：「行行古臺上，仰天哭所思。餘哀散林木，此意誰能知。夜夢繞勾越，落日冬青枝。」又後五年及今，而哭於子陵之臺。是歲庚寅，臯父年四十二。先是一日，與友人甲、乙若丙，諱其名，故稱甲乙。甲爲吳思齊，字子善。子善流寓桐廬，故下文云「別甲於江」。宋濂子善傳云，「思齊與方鳳、謝翶無月不遊，遊輒連日夜，或酒酣氣鬱時，每扶携望天末慟哭，至失聲而後返。」乙爲嚴侶，字君友。君友奉祖祠，家在江岸，故下文云「登岸宿乙家」。楊維禎高節先生墓誌云：「宋相文山氏客謝翺，奇士也。雪夜，與之登西臺絕頂，祭酒慟哭，以鐵如意擊石，復作楚客歌，聲振林木，人莫能測其意也。」丙爲馮桂芳，下文云「與丙獨歸」。馮城曰：「鄧康莊撰曾大父處士桂芳。墓誌有云：『閩人謝翺，奇士也。嘗與處士雪夜放舟，登子陵西臺，擊石作楚歌，聲振林木，意悲憤，人莫識。』」張丁曰：「甲乙若丙者，意爲吴思齊、馮桂芳、翁衡也。今雖不知其然，唯三人同登時詩可考見也。」按，此既無實證，吴寓桐廬縣，馮、翁皆睦人，無有江干住者，記言「登岸宿乙家」，何也？丁又曰「別甲」，別思齊也；「與丙歸」者，桂芳也。桂芳、衡同家於睦，歲云暮矣，不應一歸一不歸也。衡爲皋父之門人，以乙爲衡，則序門人于老友之上矣。故知乙爲嚴侶，非僅墓誌可證也。約越宿而集。午，雨未止，十二月初九日，文公之諱也。買榜江涘。登岸，謁子陵祠，憩祠旁僧舍，毁垣枯甃，如入墟墓。祠在臺下。還，與榜人治祭具。須臾，雨止，登西臺，富春山在桐廬縣西三十五里，有東西二臺，各高數百丈，以子陵故，名「釣臺」。設主於荒亭隅，再拜跪伏。祝畢，號而慟者三，復再拜起。又念余弱冠時，往來必謁拜祠下。其始至也，侍先君焉。始至時，皋父年十七。今余且老，江山人物，睠焉若失。復東望，泣拜不已。有雲從西南來，滃浥浡鬱，氣薄林木，若相助以悲者，乃以竹如意擊石，作楚歌招之，曰：「魂朝往兮何極，暮來歸兮關水黑。化爲朱鳥兮，有咮焉食。」杜子美夢李白詩：「魂來楓林青，魂返關塞黑。」白生，故魂來則青，魂返則黑。文公已死，故魂來則黑，此其異也。三統：上元至是歲辛卯，積年十四萬四千五百二十一歲，在星紀相對南方爲鶉首，故雲從南來，化朱鳥而有咮也。方韶卿過皐父墓詩「朱鳥食何向」，記此事也。歌闋，竹石俱碎。於是相向感唶。復登東臺，撫蒼石，還憩于榜中。榜人始驚余哭，云：「適有邏舟之過也，盍移諸？」遂移榜中流，徐賚民曰：先子鈔本無「榜人始驚」以下至「移榜中流」數語。舉酒相屬，各爲詩以寄所思。皐父詩云：「殘年哭知己，白日下荒臺。淚落吳江水，隨潮到海迴。故衣猶染碧，后土不憐才。未老山中客，唯應賦八哀。」又云：「總戎臨百粤，花鳥瘴江村。落日失滄海，寒風上薊門。雨青餘化血，林黑見歸魂。欲哭山陽笛，鄰人亦不存。」子善有擬古詩云：「平原一遺老，九重未知名。臨危觀勁節，相視膽爲驚。折隊猶舉手，籲天閔無成。九隕期報國，千古猶光晶。亦有布衣人，烈烈死彌貞。回風惜往日，輝映豈獨清。滔滔肉食輩，泚顙徒吞聲。我聞同志士，野祭激高情。配享遺斯人，憂心每如醒。」薄暮，雪作風凜，不可留。登岸，宿乙家，夜復賦詩懷古。明日，益風雪，別甲於江，皐父江上別友詩云：「相看仍慟哭，欲學晉諸賢。戍近風鳴柝，江空雨送船。朔雲侵別色，南雪憶歸年。擬共鋤青朮，無爲俗事牽。」余與丙獨歸。行三十里，又越宿乃至。行狀云：「遊倦，輒憩婺、睦之江源、月泉」，故與馮桂芳歸睦。其後，甲以書及别詩來言：「是日風帆怒駛，逾久而後濟。既濟，疑有神陰相以著茲遊之偉。」子善入桐廬，故江行。余曰：「嗚呼！阮步兵死，空山無哭聲，且千年矣。若神之助，固不可知，然茲遊亦良偉。其爲文詞因以達意，亦誠可悲已。」余嘗欲倣太史公著季漢月表，如秦楚之際，今人不有知余心，後之人必有知余者。于此宜得書，故紀之以附季漢事後。太史公作秦楚之際月表，一時戰争諸國興廢倏忽，不可以年，故表之以月。宋亡之時，義師迭起，皆不能久，故臯父欲著月表，以詳獨行全節之事。不曰季宋而曰季漢者，亦猶唐宰相之託于前代也。時先君登臺後二十六年也。先君諱某，字某，諱鑰。登臺之歲在乙丑云。咸淳元年。

校勘記

〔一〕是篇康熙本未收，據四部叢刊本南雷文案卷十補録。

冬青樹引註〔一〕

姚江黃宗羲

余曾註謝皋羽西臺慟哭記，以未得見張孟兼註爲恨。曹叔則出其註示之，則頗疏誕，余之註若未可驟廢也。其註冬青引亦然。水閣雨餘，因憶舊聞，爲之重註，非欲以蓋前人也。余與孟兼所遇之時不同，孟兼之去皋羽遠，而余之去皋羽近。皋羽之言，余固易知也。〔二〕

冬青樹，山南陲，蘭亭山在越城之南。有天章寺〔三〕，即冬青所識之地。張孟兼云：「遺瘞蘭亭山後，種冬青樹爲識。」鄭元祐云：「林霽山得高、孝兩朝骨，爲兩函貯之，歸葬於東嘉。」按，霽山詩「水到蘭亭轉烏咽，不知真帖落誰家」，則已明言葬蘭亭矣。元祐既載其詩，乃不深惟其義，何其粗也。九日靈禽居上枝。冬青之上，有鳥來巢，以記異也。知者唐玉潛詩「遥遥翠蓋萬年枝，上有鳳巢下龍穴」，其記事同也。謂之鳳，謂之靈禽，不敢以凡鳥斥言之。「九日」者，皋羽過越臺而哭之之時也。知君種年星在尾，尾在析木之次，謂葬年是戊寅也。發陵之年，羅靈卿云「戊寅十二月十二日」，孟兼亦同之。而貝瓊穆陵行以爲至元二十一年，周密以爲二十二年八月，則是甲申、乙酉也。陶九成謂元下江南，丙子至乙酉，立國十載，法制已明，安得有發陵事〔四〕。雖辨其非乙酉，然無確據，何不以是詩爲證也？況皋羽作此在丙戌，若是乙酉，則相去不及一年，其事方新，不如此爲追憶之詞矣。**根到九泉雜龍髓。**龍髓，即六陵之骨也。王修竹造石函六，刻紀年一字爲號。高、孝兩陵，則霽山所收；餘四陵，玉潛與諸人分任之。章祖程曰：「餘骸棄艸莽中，霽山以艸囊拾取。又聞理宗顱骨爲北軍投湖水中，購之漁者而得之，盛以二函。」則是霽山所云「雙匣猶傳竺國經」者，一匣爲諸陵棄骨，一匣爲理宗之顱，與鄭元祐云〔五〕「高、孝兩朝骨者」相背。觀後穆陵之骼得自北平，則祖程之説爲謬。**恒星晝隕夜不見，七度山南與鬼戰。**此言收骨之艱難也。「恒星晝隕」，言發陵在晝。「夜不見」者，諸人夜往覓骨，不能即得。「七度」「鬼戰」者，凡經七夜或七歷險事也。**願君此心無所移，此樹終有開花時。**「開花時」，猶鄭思肖望陳宜中從占城至也。**山南金粟見離離，**蘭亭山後葬處，其地多桂〔六〕，知者霽山詩有「金粟堆前幾吠鴉」可證。九日，桂猶未謝，故云「見離離」。杜詩「金粟堆前松柏裏」，謂明皇泰陵在金粟山也，故即以「金粟堆」爲陵寢之名。〔七〕**白衣人拜樹下起，靈禽啄粟枝上飛。**此皋羽自叙與玉潛同拜陵下之景，拜起而靈禽飛也。宋陵收骨事，山陰王修竹英孫所爲，而唐玉潛、林霽山爲之先後。蓋修竹富而好客〔八〕，玉潛、霽山皆在其門。張孟兼所爲〔九〕「享諸少年，造六石函」，皆修竹事也。鄭元祐所謂「背竹籠爲丐者」，章祖程所謂「艸囊采藥」，則玉潛、霽山事也。其後知玉潛者，以其事實之玉潛；知霽山者，以其事實之霽山，因時忌諱，故私記有異同耳。若原其本末，則修竹在霽山、玉潛之上。其時仝事且不止二人，霽山集中有鄭朴翁，而楊維禎云「楊璉真伽發陵事，翱有陰移冥轉之功」，則臯羽亦在其中也。〔一〇〕

校勘記

〔一〕是篇康熙本收録，附於張丁冬青樹引註後，題爲冬青樹引重註。據四部叢刊本南雷文案卷十補録，以康熙本參校。

〔二〕康熙本此處有「癸卯中夏，藍水漁人識」九字。

〔三〕「有天章寺」，康熙本作「天章寺」。

〔四〕「發陵事」，康熙本「此事」。

〔五〕「鄭元祐云」之後，康熙本有「兩函爲」三字。

〔六〕「其地多桂」，康熙本作「又分名金粟堆，以其地多桂也」。

〔七〕「杜詩」至「陵寢之名」三十字，康熙本無。

〔八〕「好客」，康熙本作「好禮客」。

〔九〕「所爲」，康熙本作「所謂」。

〔一〇〕「而楊維禎云」至「其中也」二十八字，康熙本作「厓山志有政和人余則亮，尚可考也」。

資料補編卷下

金華遊録〔一〕

己丑歲正月，謝翱皋羽、方鳳韶卿約遊洞天。

十一日辛卯，韶卿携子肖翁入邑，與皋羽及陳公凱君用、弟公舉帝臣會。韶卿夜賦詩示同遊者。

十二日壬辰，陰寒。韶卿拂曉取道上洛之吳溪。過吳，似孫〔二〕續古約俱行。至横溪，訪柳時聲父子。君用不至，帝臣從五路嶺先過門，皋羽繼至，會宿時聲居。

十三日癸巳，枕上聞雨。是晚，以雨宿柳明府新居，各賦一首。

十四日甲午，陰。未曉即行，午度太陽嶺，晚泊上坦，欲訪雙岩鄭子有。子有聞之，先至旅寓，邀宿陵雲山房。城友葉謹審言適相遇於陵雲，約翌日同至赤松。是夕，子有出家藏先資政北山先生遺墨及久近諸賢書帖，共觀至夜分。韶卿書北山感雪竹賦，後皐羽亦題。

十五日乙未，曉聞窓外葉聲，疑雨，起而視之，則霽。既飯，話良久。子有之姪復留飲凝香閣。晚抵赤松。自源口入一里許，萬松矗翠。有亭跨中路，扁「赤松山」，舊樞密潛齋王公埜書，今住觀唐元素易以他書矣。沿溪入橋亭，扁「金華福地」，郡人潘繼先篆。過橋，入三門，勑賓積觀額，大中祥符元年所賜，與殿中四錦旛及獻花四木孩，俱今猶存。入門而右，有堂臨池上，爲濯纓堂，默成先生潘待制良貴書。入而爲松遊亭，又入而爲枕流亭。觀之前爲卧羊山，即皇初平叱石成羊處也。道士王元台、謝天與欵宿。謁冲應、養素二真祠。二真，初起、初平兄弟也。松下有遇仙石，坐其上。相傳徃年唐公李度有目眚，寓觀中，嘗憩兹石，遇二仙問故，采草拂其目，遂明，且祝曰：「後十八年，當相見彬州。」及唐登第，授彬教，有二道士過之，唐不知省。道人曰：「子亦記松下治眼時語乎？」既而邀之，不知所適，方知爲二仙云。時韶卿病目甚，故道士言之爲詳。回宿王、謝房，各賦上元遊赤松詩。

十六日丙申，微陽。道士水竹唐元素、妙虛王德厚、竹泉倪守約房中觀羊石。皐羽作觀羊石記，云：「金華洞，爲皇初平叱石處。予髫而聞之，髮種種乃一至，而叱石處復不在金華洞。未至洞十五里，有山曰赤松，今爲寶積觀。觀旁祠二仙。二仙即皇初平兄弟，是其處也。石故在山之顛，變怪牴牾，宛然如羊形，多爲樵牧及好事者取去，道士拾其餘，蓄觀中，余得借而觀者三處。其一在天井東，僅十數角，嶄然羣伏且起復，無抵觸意，苔茸茸若草藉地，可近而玩。其一並曲池之岸，纍石爲山，衆布伍列，犬牙其上。卧者十八九，伏者十七，抵者、蹶者十五，履險而跂者十三，倚而齕、跪而乳者十一，若觀古彝尊之跡於石，形不求全而意自足。其一積小坻，位置加密，跂伏、齕乳、抵蹶，與前變態略同。復有拱而人立者，竒崛特甚，非前所有，道士易以他名，使不與羣羊伍。余曰：『是不可易。左元放之遇曹瞞，其化而爲羊，與兹羊之化爲石，是或一物也。今而後觀兹石，若馮而遊，若脱而休，茫乎日與之對，而汩不知所求，其有不復化爲是物乎？』道士顧笑，衆皆沈寂，起立若植，以余言爲然。故書以啓後之遊者。其所觀三處，道士曰倪守約、唐元素、王德厚，云：石去初平仙後若干年，爲樵牧好事所取，又若干年，道士悉能言之。於遊者非有繫，故不書。」妙虛石旁有方竹一叢，蕭踈可愛。堂名蕭閑樓，有減筆隷「物化」二字，極佳。水竹留飲饍，王、倪各爲煮茗。倪之徒石泉趙元清，疽發腦，纔愈，未接客。入小桃源，路口有小桃源、物化、化，一作「外」。洗耳三石刻，奇古，皆餘杭虞似良仲房八分書。未過橋，爲物外亭。過橋有亭，泉上有臺，名「滄浪」，溪石皆磊磈，水激射，爲峭峽，爲盤渦。道士徐南華攜酒餚并青窓王易所書趙元清夢遊小桃源四時詩來。青窓即故樞密王公之孫，名進思，官惠院，號淳齋，善書而好吟以避世。立兄子爲子，使出贅，復分田，送其妻歸母家，而自爲道士於此。南華酌酒滄浪臺榭，一作「㯐」。陰下。行至岩扉間新構小亭，名「別有天地」，復酌亭上。岩扉有諸公題墨，新種桃梅夾道。道士周雲岩世昌要會酌樓上，石泉之徒王德謙益之攜琴鼓再行。午，從觀右登丹山，行窮林巨石間，覩丹竈及丹石。相傳某年丹光見石上，有道人養雞，見雞啄丹，取之，丹即飛去。今立祠與庵。祠前舊有老樹立，其一中斷倒架，上半於其一附著而生，下半則僵立不相接，狀甚怪奇。今爲改祠，道士伐去。曾遊者以爲言：丹山而左稍下，有丹井，泉極甘冷。一徑出小桃源之上，抵二仙祠。回宿寶積觀中。西廡石刻「赤松山」三大字，李陽冰篆，偉甚。以赤字從大，下作火，揭之有火災，故置不用而存其刻云。

十七日丁酉，雨。欲往三洞，不可，遂入城，泊祥符寺。待霽，取道嚮嚮，一作「智」。者以往。

十八日戊戌，雨。留祥符。「符」字下一有「寺」字。臯羽有「塔影霧中深」之句，韶卿足之。

十九日己亥，陰。入寶婺觀，謁星祠，登八詠樓。寶祐丙辰歲，郡守謝奕修改創，潛齋王埜書扁，今易以他書矣。時拏丁夫急，所帶奚奴不敢出市衢。韶卿自同臯羽訪芙蓉盛太博，共劇談世故。晚歸祥符。

二十日庚子，新霽。約審言自蘭溪門會於北柵。韶卿父子、續古、審言登七寶寺塔樓，拂塔院至道年碑石，遇且庵徐玉汝於盧士安卜肆。韶卿、臯羽甚欲留訪諸老，以雨餘得霽，重於妨衆，遂行。既出城，遇梆齋劉權院、梅居郘深道、成齋王玉成成，一作「汝」。於菱塘之東。王、謝二道士自赤松來，西鹿田寺僧懷玉留而相道。韶卿賦北山道中，衆客皆和。晡，至智者寺。山路有亭，扁「北山」，唐乾元二年八月縉雲縣令李陽冰篆書。入而一無「而」字。爲倚松亭。過橋有亭，扁「靈源」。小憩亭上，又潛齋王公書「靈源勝地」四大字，置之雲堂後廡，寺僧莫之貴也。日夕，過鳳凰山法清院。山形如鳳凰，舊爲法朗，石晉開運二年爲國泰，今改法清。山西有一怪松，偃蹇如盤龍。院僧圓矩云，昔潛齋王公嘗護以欄楯。遊憩其下。是夜，宿院中。

二十一日辛丑，有徐生館法清，酒狂士也，曉起攜詩見贈，有「鳳凰山上鳳凰翔」之句，聯中又以「畊田鹿」「化石羊」爲對。臨别，密謂審言曰：「余以鹿比僧，羊比道士，鳳凰比諸君子。」審言途中述其語，衆皆絶倒。從法清而西，過故康懿泰國長公主墳園。未至觀半里，有歧徑，行五十里，至金華觀。登山可至九龍寺，上有劉先生講堂，劉孝標讀書處也。三洞，上爲朝真，中爲冰壺，下爲雙龍。三石扁皆飛白書。立下洞口，觀有「天下名山」四大字。觀之左爲椒亭，所從入洞路也。以山下平地言之，此則山巔，然而迢遞寬衍。觀之前，居民成聚，則此乃洞天之趾爾。雙龍洞口，石室明淨，坐可三二百人。仰視石室，紺碧其隱約可名狀者，爲雲物，爲仙桃，爲道人，比肩而立。龍首見其左，而尾懸右。石壁上又懸石至地，獨黄色，俗呼「吕先生藏身霞衣掛」。其旁有北斗星窠，洞穴如虀頤，水淙淙從中出，即流入右偏，暗出洞外溪澗。衆束炬揭裳，傴僂踏水入内洞，凡三數丈，首背皆擦石，舊卧小舟而入，今湫漏閣水際。既入，復虚曠如外洞，水從右流，莫測其淺深。執炬者一一相指告，見蜂窠石、水蛙石、石鐘，手搥之，鐘聲仙珠纍纍貫岩上。石門限雪山，山前雪、山後雪，望之皎然。仙笠懸岩石，石鼓，搥之鼓聲。有形蜿蜒，頭角鬚尾凡二，屈蟠隱見，爪尖皆白石如玉，所謂雙龍也。貓一，獅子一，頭足尾具，額有珠。大龜黑色，白蛇斜繞其背，首入甲下，竒甚。筆格一，霜崖粲如繁霜，有卷石，小竅指面大，有水正滴竅中，名「仙人硯滴」。候片時，纔一滴。仰視洞中，無他無他，一作「他無」。漏泉，獨此耳。浴室石檽，三足蟾懸鐘寶蓋，如名刹講臺上所設而加高大。海角虎蹲立，雲霞五色欲飛。極裏從暗處俯伏，遠望洞口水中所從入處，僅一小隙，透明如十五夜月，名「仙人望月」。又象足大二，象足大二，一作「大象足二」。小一。仙桂水波，石「石」字下一有「鱗」字。粼粼然，大者如浪。轉雪山後而左，爲滑臺，爲池，爲田，畦町高下可數。仙人挂衣橫十數丈，衣純素，袪褏襞摺皆天成。又仙人眠石，方整可卧，仙人帽，日月二宫。復從洞口踏水而出。凡洞中所見，不假一毫鐫鑿而形狀自然，其妙處殆不可言也。登山幾半里，至中洞洞口，視深處，乃暗穴，但聞潺潺水聲。束數炬相後先，若深井然，稍斜向内，衆魚貫而下。石滑且險，約三十丈至水簾，自高岩噴出，下有巨石盛之，即不知水之所往。水簾出處，前有懸石如鐘，又如飛鳳。視水簾以下，復沉沉深黑，人多不敢復入。皋羽毅然揚炬而前，韶卿、續古從之。由水簾之右轉而深入，巨石無數，回視水簾，乃在目前。愈入愈深，下復無水。有石筍入空曠中，高可三四丈，色瑩如玉。從石筍而下，極底有石室燥潔，曾游者留題在焉。回至水簾，漸可望明而上，不如入之險也。然不能深入，則不得盡其奇。來遊者率望水簾而止爾。又登山二里，韶卿父子、皋羽、續古倩兩山童買竹薪束炬。至上洞，入洞而右，爲觀音洞，從岩罅越石限而入，展轉愈高。扳援至觀音前，其石像天成，垂衣，伸一足，如土偶者，但高入岩罅。以炬燭之，僅得其半，而臂與面莫盡見也。旁有潭，深不可近，名「觀音井」，又名「龍潭」。復路出，從大洞正面而入，歷三數坡陀。其石上雲霞、波浪、霜雪、石室之類，皆不減下洞所見。洞口天日之光，斜射洞中石崖上，淡如月色，奇甚。內有石梁高挂，深可二三十丈，白龍護其左，蒼龍護其右。又入，有天池深廣，四畔峻壁不可下。池之裏有崖如兩扉，而啓其一。極黑暗中，遠望石扉啓處，天光下燭，蓋洞天漏明，而人莫知其處，名「一線天」。既隔天池，不得復深入也。雙龍洞口題名石上，韶卿賦三洞云：「金華北山三洞天，垂髫欲住住，一作「往」。金華顛。春風吹衣雨洗履，瘦節忽拄蒼山烟。山高地平走幽澗，根絡石上森楠梗。步從虛橋瞰石洞，厓色閲世知幾年。風痕霧迹化異物，龍首昂左尾右旋。就中暗穴如蠆頤，急水瀉碧鳴媧絃。遡流束炬照徒涉，肩背擦石行拳攣。水窮路夷內景得，以炬交燭窮幽玄。細紋戲波湧浪接，晈彩凝雪飛霜鮮。大爲獅子虎犀象，瑣碎亦復蜂屯然。蜿蜒雙蟠角尾具，一一玉爪拏蒼堅。穹龜負甲色深墨，長蛇白質相縈纏。鐘能鐘聲鼓能鼓，不假樅簴知誰懸。直檽斜檻藏湢室，短畦長町移原田。青雲白霓五色霞，笑盡敗絮留丹鉛。中途經過最深窅，伏身低眺洞口泉。空明一隙隔遠見，秋蟾浴海光嬋娟。左岩袈衣頗横亘，疊摺衆皺垂蹁躚。自餘神怪不可極，似鑿非鑿鐫非鐫。出登山腰叩中洞，外視石井聞潺潺。入深踏險思縋綆，長竿揭炬後且先。水簾可俯心爲掉，到此十九歸言湍。嗜奇不憚歷磊砢，足以目故差輕便。翻身卻望水簾處，銀河天落懸吾前。常情疑復下百尺，積水定作神龍淵。石乾徑闢却易進，玉筍拔地修而圓。宜爲淵處乃爲屋，亦或摩蘚題新篇。同遊疑吾久未出，笑謂豈欲井底眠。林幽風起日已晚，猶疑高洞山之巔。薪蒸可買樵我道，不遠數里仍攀緣。傍從右右，一作「古」，非。壁入深坼，如鐵户限瓊爲楔。儼然海相挂珠絡，熟視豈信非夸傳。左爲朝真正面入，便想笙鶴邀羣仙。雲霞波濤仙衣裳，奇詭豈必下洞專。歘然修梁架岩起，左右蒼白龍形全。望中極底勝漆黑，雙扉隱隱起半邊。天光一道燭扉内，知此明罅從何穿。窗深壁峭不可往，安得插羽如飛鳶。嗟余兹遊尚牽俗，身所驟歷辭難宣。但思乞水學坡老，洗眼看字消餘年。」是夕，僧懷玉同歸西鹿田寺，止宿。寺丈室後有奇石峭立，罅坼間可行，林泉幽勝特甚。默成先生潘公大書其處云：「余往來南北兩山餘二十年，獨未曾至鹿田。紹興七年四月十七日，同智者長老法銓來。於崎嶇險隘之中，得虛曠寬閒之地，修篁喬木，巨石瀑泉，氣象雄偉。此蓋未之見，不獨甲於金華也，自是評吾鄉山水，以此爲第一云。」其丈室遂榜「第一軒」，上爲思賢閣。是夜，宿聽雨軒中。

二十二日壬寅，曉霽。過東鹿田寺，廊廡列詩石，内有葉丞相衡集杜五言四韻，中二聯云：「水花分塹弱，山木抱雲稠。」「更宿招提境，還同惠遠遊。」又僧舍壁間，有郡倅金陵吴琳題詩，中一聯云：「雲暗雨來疑是夜，山深寒在不知春」。潛齋王公嘗和其後。行數里，至潛齋所營山橋，穆陵御書「山橋書堂」四大字。下有懶瓚岩，岩上有亭，亭之西有石筍。又傍岩臨溪爲亭臺，遠望州城，城中之塔鑽小雙溪如篆紋。路口有亭，扁「北山」，今亭臺皆蕪廢。既下山，王、謝道士登山取别，徑歸赤松。至潛岳寺前，帝臣、審言同入城。韶卿、皋羽、續古、肖翁取赤松源口虎頭岩下，道遇雨，抵上坦，旅宿。

二十三日癸卯，曉霽。近午，度太陽嶺，晚宿柳時聲居。聖傳之蘭溪，留詩以待。續古先歸。

二十四日甲辰，過松岩陳粹翁，午與臯羽别，晚復雨。

二十五日乙巳，韶卿父子回，抵吳氏書塾。客有問金華勝遊者，韶卿以詩叙其槩，云：「赤松上下雨霏微，八詠樓頭重拂衣。西港晴來汀草長，北岩幽處洞泉飛。風敲定磬鹿春過，月滿丹臺鶴夜歸。歷覽因知古詞客，盛誇雲夢未全非。」臯羽歸後，作金華洞人物古蹟記。

右金華遊録一小帙，蓋嵒南方先生、晞髮謝先生與諸老並先伯父續古同遊之所紀述也。當時距宋失國纔十四歲，然觀諸老情思，咸有黍離餘韻，而紀述巨細，詳悉不遺，寫出北山勝概，宛然在目中，信非諸老不能作也。然要之己丑，實元世祖至元二十六年也，書歲而不書年者，亦猶靖節不書永初之例耳。後之觀斯帙者，庶幾識前人忠厚之風云。吴士謣跋。

方韶卿，浦江人，號巖南先生。元黄文獻公溍、柳文肅公貫，皆出其門。先生宋時未及仕而宋亡，遂抱其遺經，隱仙華山，往往遇遺民故老於殘山剩水間，握手歔欷低徊而不忍去。緣情托物，發爲歌詩，以寓麥秀之遺意。龔聖予嘗論其詩曰：「由本論之，在人倫，不在人事。等而上之，在天地，不在古今。」謝皋羽，建寧人，號晞髮先生。宋相文天祥開府延平，先生長揖軍門，署諮事參軍，已復别去。及宋亡，天祥被執，遂流匿民間，之浙水東，日以吟詠爲事。每遇談宋事，輒悲咽淚下。宋景濂先生謂其詩直遡盛唐而上，卓卓有風人之餘，文尤嶄拔峭勁。餘若陳帝臣、吴續古，亦皆時之高士，文章巨家也。共爲此卷，夫豈易得哉。然懼世遠而莫之知，予故手録一過，而畧述二先生之行槩於後，餘亦不復考矣。北山泉石雖自若，而寺觀消毁過半，欲究其遺蹤，亦尚賴此卷之存云。天順庚辰十月朔，後生郭震述。

右遺集上卷晞髮道人近藁，見呂氏宋詩鈔初集中，今以抄本互相較勘如前例。下卷金華遊録，係毛氏未刻樣本，别無所考，第正其可知者而已。按，濟南王公謂，近藁與正集，如出兩手，強弩之末不能穿魯縞者。録其説於此，以俟讀公詩者考焉。六月庚子，大業記。

校勘記

〔一〕録自清康熙四十一年平湖陸氏校刊本晞髮遺集卷之下。原書眉小字註均置於正文中。

〔二〕似孫，萬曆本晞髮集卷下「附録」收錢奎金華洞天游録作「嗣孫」。

圖書在版編目（CIP）數據

晞髮集 /（宋）謝翱撰；林校生，魏定榔點校．
-- 福州：福建人民出版社，2023.12
（八閩文庫．要籍選刊）
ISBN 978-7-211-09285-7

Ⅰ．①晞…　Ⅱ．①謝…　②林…　③魏…
Ⅲ．①古典散文－散文集－中國－宋代
Ⅳ．① I264.4

中國國家版本館 CIP 數據核字（2024）第 000429 號

晞髮集

作　　者：［宋］謝翱 撰　林校生 魏定榔 點校
責任編輯：林頂
美術編輯：陳培亮
責任校對：李雪瑩
出版發行：福建人民出版社
電　　話：0591-87533169（發行部）
網　　址：http://www.fjpph.com
電子郵箱：fjpph7221@126.com
地　　址：福建省福州市東水路 76 號
經　　銷：福建新華發行（集團）有限責任公司
印刷裝訂：雅昌文化（集團）有限公司
地　　址：深圳市南山區深雲路 19 號
電　　話：0755-86083235
開　　本：890 毫米 ×1240 毫米　1/32
印　　張：14.5
字　　數：183 千字
版　　次：2023 年 12 月第 1 版第 1 次印刷
書　　號：ISBN 978-7-211-09285-7
定　　價：66.00 元